CB064989

Espelhos Partidos
sonia salerno forjaz *um conto sem fadas*

DeLeitura

1ª edição
São Paulo 2009

Copyright © 2009 by Sonia Salerno Forjaz

Coordenação Editorial
    Sonia Salerno Forjaz
Capa e projeto gráfico
    Thais Salerno Forjaz
Revisão
    Claziane Pereira de Lima
Editoração eletrônica
    Spress Diagramação e Design

DeLeitura é um selo da Editora Aquariana Ltda.

CIP-BRASIL. CATALOGAÇÃO-NA-FONTE
SINDICATO NACIONAL DOS EDITORES DE LIVROS, RJ

F813e

Forjaz, Sonia Salermo
    Espelhos partidos : um conto sem fadas / Sonia Salermo Forjaz. — São Paulo : Aquariana, 2009.

ISBN 978-85-7217-126-7

1. Romance brasileiro. I. Título.

09-2187.   CDD: 869.93
                                            CDU: 821.134.3(81)-3

03.06.09   08.06.09   012562

Direitos reservados
Editora Aquariana Ltda.
Rua Lacedemônia, 87 Jardim Brasil
04634 020 São Paulo SP
Tel. 11 5031 1500
Fax. 11 5031 3462
vendas@aquariana.com.br
www.aquariana.com.br

"Se você, que eu amo tanto, diz que não me ama mais, é sinal de que todas as minhas virtudes não existem mais aos seus olhos. Mas eu havia feito dos seus olhos os meus, eu via o mundo através deles. E se você já não vê o meu valor, como posso eu vê-lo com aqueles pobríssimos olhos que me ficaram? Porque eu te amava, você era o meu espelho. Mas a imagem que me devolve agora não é a mesma de ontem, nem a mesma que, de mim, guardo na lembrança.
Teu amor me desnorteia. Não sei mais ao certo quem sou, meus contornos se confundem. E como conviver com o fato de que meu amor por você nada te significa, se no meu coração ainda é aquilo que me dá sentido?

Marina Colasanti

Para
Airton, Thais, Victor

Luzes e nexos.
Partilha,
Família,
Reflexos.

sonia salerno forjaz

Parte I

Certas manhãs, devíamos ignorar o ruído estridente do despertador e permanecer na cama, debaixo das cobertas, cabeça enfiada no travesseiro, nariz sufocado, olhos bem fechados e desistir de viver. Parar de respirar, de pensar, de ver, de andar. Fazer uma pausa, um intervalo, coisa assim leve, passageira e provisória, que eu também não sou tão trágica. Tirar umas férias de vida. Isso. Férias, só isso.

Se eu soubesse disso antes, talvez nada tivesse acontecido. Mas como eu não sabia, naquela manhã infeliz, levantei, tomei café, me arrumei e fui para a escola. Andei feito barata tonta na sala de aula, no pátio, no caminho de volta, no hall de entrada do prédio onde moro. Apertei o botão do elevador, distraída, assim meio que flutuando no espaço, envolvida por doces lembranças e BUM!!!

— Ei, que droga! Tá dormindo, Flávia?

A Lígia, minha irmã, implicou comigo, mal a gente se cruzou. Quer dizer, trombou. Eu querendo entrar e ela saindo do elevador, apressada, derrubando tudo o que eu tinha nas mãos.

— Ai! A culpa não foi minha. Você que é estabanada! — reclamei, furiosa.

— Eu sou estabanada? Você é que tinha de me esperar sair, mas vive no mundo da lua!

Ela falava enquanto pegávamos as coisas que tinham ficado espalhadas no chão: livros, agenda, o material inteiro. Preferi não retrucar e continuei recolhendo tudo, na minha. Não estava querendo conversa; quanto mais, briga. Mas, como nem tudo é como a gente quer, minha irmã deu de cara bem com o que não podia...

— O que é isso, Flávia? — ela perguntou, já de pé, esfregando no meu nariz o envelope perfumado que tinha voado de dentro do meu caderno.

— Nada, Lígia. Não se mete — estendi o braço para apanhar o que era meu.

— Você está escrevendo para aquele sujeitinho?

— Não! Me dá isso aqui. Vai embora, Lígia. Você não estava com pressa?

— Como não? Tá escrito aqui, ó: Júlio Figueiredo. Existe outro, por acaso? Agora também fazem clones de abacaxis? Deixa só a mamãe saber disso — ela ameaçou, abanando o envelope e voltando para o apartamento pela escada.

Fui atrás e tentei segurá-la.

— Delatora, metida, não faz isso! — implorei, agarrada à sua blusa.

A blusa esticava, Lígia tentava se desvencilhar, mas, decidida, subia aos berros:

— MÃE!!! Ô MÃE, OLHA ISSO!

— Para, Lígia. Eu faço qualquer coisa, o que você quiser, mas não conta...

Não tive tempo de fazer chantagem ou prometer nada porque a mamãe logo apareceu na sala.

— Que gritaria é essa? O que aconteceu, Lígia? Você não tinha ido para a escola?

— Tinha — a Lígia falou, firme e dramática. — Mas o destino quis que eu trombasse com essa tonta só para me jogar isso nas mãos! Dá só uma olhada, mãe!

— É MEU! — Eu protestei, quase chorando e me atirando sobre o braço dela, tentando agarrar o envelope à força.

— Larga o meu braço, Flávia! — Lígia mandava.

— É MEU! SOLTA!!!

— Larga que você está me machucando, Flávia! A mamãe tem de saber o que você anda fazendo.

— O que eu tenho de saber, afinal, alguém pode me dizer? — a mamãe falou autoritária e ainda por cima, mandou:

— Devolva isso para a sua irmã, Lígia. Se é dela, devolva.
— DEVOLVER??? — Lígia não quis acreditar que tinha perdido a parada.
— Sim, senhora — mamãe falou firme.
Lígia me devolveu o envelope contrariada e eu, ingênua, por alguns segundos me senti vitoriosa. Já tinha virado as costas, quando a mamãe perguntou:
— O que é isso, Flávia?
Quando me voltei para ela, pude ver o brilho dos olhos de Lígia saboreando aquele momento. Minha desgraça, sua glória!
— Coisa minha, mãe. Nada importante — falei.
— Eu conto! — a Lígia já foi se metendo outra vez.
Ela conta — a mamãe falou, apontando para mim e usando um tom que não permitia protestos.
— É só uma carta... — arrisquei dizer.
— Carta de quem? — a mamãe perguntou e a Lígia se meteu de novo.
— Carta pra quem, mãe! Pergunte: carta pra quem! Você vai cair de costas! É inacreditável!
— Lígia, vá para a escola que você está atrasada — a mamãe mandou. — Deixe que eu me entendo com a sua irmã.
Claro que minha irmã não obedeceu. Esperou o circo pegar fogo, já com uma tocha na mão bem acesa para o caso de o incêndio não ter as proporções que ela esperava. Então, eu não tive outra escolha senão responder:
— É uma carta para o Julinho...
— Para quem??? — minha mãe fingiu não ter entendido o que não queria entender.
— Para o Julinho — a Lígia tratou de repetir bem alto.
— Não posso acreditar, Flávia! Você escrevendo para aquele cafajeste?
Eu só baixei a cabeça e grudei os olhos num ponto qualquer do desenho no tapete.
Não era comigo. Aquilo não estava acontecendo comigo. Eu não tinha levantado, não tinha saído da cama, não tinha nem ido à escola. Eu ainda estava lá protegida pelas cobertas, com a cara enfiada no travesseiro, quase sem respirar. Dando um tempo para o temporal passar.

Mas ele não tinha nem começado. Minha mãe ia ainda fazer um sermão daqueles, eu sabia. E sabia o sermão de cor, de trás para a frente, da frente para trás.

— Será que precisamos conversar de novo, Flávia? Ainda não deu para entender?

— Conversar, mãe? E com ela adianta? — disse Lígia, sempre pronta para atacar.

— Vá para a escola, Lígia. Esse assunto não lhe diz respeito — a mamãe falou.

Desta vez a Lígia obedeceu, pois já tinha ficado evidente que as coisas não seriam fáceis para mim. Ela podia seguir a sua vida tranquila, ciente de que eu viveria o inferno. E isso lhe dava um estranho prazer.

Eu sabia muito bem o que estava reservado para mim. A mamãe ia falar, falar e falar e depois ia ligar para o meu pai e, depois de contar tudo a ele, ia me passar o telefone. Meu pai ia largar seu filhinho adorado e resmungar pelos aborrecimentos causados pelas filhas do seu primeiro casamento. A nova esposa dele entraria na sala batendo com os pés no assoalho, para que eu escutasse o som da sua impaciência e lembrasse que estava roubando um tempo precioso da convivência dela com seu digníssimo marido. O bebê ia abrir o berreiro e pedir colo para o pai dele, que por acaso era meu também; e então ele, meu pai, feliz por ser interrompido, diria: "chame a sua mãe!"

Tudo isso aconteceria mais ou menos nessa ordem, eu já sabia. E sabia por já ter assistido a esse filme outras vezes.

Mas a minha mãe interrompeu as minhas imagens mentais e me fez lembrar que eu tinha, sim, saído da cama para viver aquelas experiências desagradáveis.

— Pode começar a explicar tudinho, antes que eu ligue para o seu pai.

— Explicar o quê, mãe? É a mesma coisa de sempre — eu falei com o olho ainda grudado no mesmo ponto do tapete.

— Olhe para mim e responda: você não tem um pingo de vergonha nessa cara?

— Eu amo o Julinho — sussurrei tão baixo que nem eu escutei.

— Você o quê, Flávia?

— Eu amo o Julinho.

— Depois de tudo, você ainda tem coragem de me dizer isso? — ela falou, espantada. — Amor?! E você, por acaso, sabe lá o que é amor?

— Eu-amo-o-Julinho — repeti mais alto, pausada e heroicamente, quando a vontade era de gritar: EU AMO E AMO E AMO O JULINHO e deixar claro que eu sabia muito bem o que era amar e que ninguém era capaz de amar como eu.

— Não posso acreditar no que estou ouvindo, Flávia. Depois de tudo?

Balancei a cabeça como quem afirma: Sim, depois de tudo.

— Não doeu, não feriu, não magoou?

Balancei a cabeça outra vez, querendo dizer: Sim, doeu. Sim, feriu. Sim, magoou. Muito.

— E então, minha filha. Quer voltar a sofrer? Não foi suficiente? Já não falamos tanto?

Virei a cabeça de lado e encolhi os ombros querendo dizer: Não sei.

— Filha... Não sei mais o que fazer com você para que esqueça esse homem. Confesso que não sei mais o que fazer... — mamãe usou um tom de voz muito triste e cansado.

Eu fiquei em silêncio olhando o mesmo ponto no chão.

— Vou ter de falar com seu pai outra vez, Flávia. Não vejo saída.

Balancei a cabeça como quem diz que entende e virei na direção do meu quarto, mas ela pediu:

— Me dá esta carta.

— Não. É pessoal — falei.

— Não quero ler, filha. Só não quero que você a envie.

— Escrevo outra...

Aí foi a vez de ela balançar a cabeça como a dizer: Onde foi que eu errei? Pergunta que os pais sempre se fazem, quando acham que estão perdendo uma batalha.

E eu fui me arrastando lentamente para o lugar de onde jamais devia ter saído. Entrei no quarto, tirei os sapatos, joguei os livros num canto, segurei a carta bem perto do meu peito, deitei com a cara enterrada no travesseiro e respirei bem fraquinho, bem baixinho, para dar uma parada no tempo, no meu sentimento, na vida.

Só o pensamento voou ...

1

"Era uma vez, dois jovens que habitavam as mesmas terras, mas não se conheciam... O filho do rei estava caçando, quando foi surpreendido pela visão de uma corça veloz que tinha um anel de ouro encaixado nos seus chifres. Sem saber explicar a razão, ele passou a persegui-la avidamente..."[1]

E ra véspera de festa na escola e o pessoal, agitado com os preparativos, estava alegre e descontraído. Eu me sentia feliz, correndo de um lado para o outro, com as minhas amigas inseparáveis: Salete, Rúbia, Jane e Vilminha, além de outros colegas que se organizavam em grupos, dividindo um trabalho intenso, mas muito divertido.

O dia estava lindo, lindo. O céu era azul e o jardim do colégio, naquele dia, parecia mais colorido. Tudo parecia perfeito.

Não sei se percebi mesmo tudo isso, ou se é só quando lembro que vejo tudo colorido e cheio de magia.

Eu estava ocupada, desembaraçando carreiras de bandeirinhas e entregando-as para a Salete que se equilibrava no alto de uma escada de armar, quando vi parar um carro conversível vermelho na frente do colégio e dele descer um deus grego, alto, forte, moreno, lindo... Eu devo ter ficado parada de boca aberta e com os braços erguidos esquecida das bandeirolas e da Salete, pois não lembro de ter visto mais nada. Nada mais existia e acho que foi aí que me dei conta de que o céu era azul e o sol brilhava. Ao menos foi a partir daí que o sol brilhou para mim.

— JULINHO! Não acredito, você veio!

Ouvi a Salete gritar enquanto descia da escada depressa, quase caindo, fazendo despencar metade das bandeiras que já tínhamos pendurado. Animada, ela correu em direção ao portão de entrada, empurrando quem cruzava seu caminho. Eu acompanhei seus movimentos com os olhos que, assim, voltaram ao seu ponto de partida: o deus grego.

    Eu e minhas amigas vimos a Salete, agarrada ao pescoço daquela beldade, cobrindo seu rosto de beijos e depois conversando, gesticulando alegremente, na maior intimidade e logo nos olhamos como se trocássemos pensamentos muito parecidos: "Que inveja! Quem será ele? Que felizarda a Salete! Quero ser apresentada! Sou a melhor amiga dela! Não vou desgrudar! Convida esse monumento para a festa..."

    Mas, egoísta, ela ficou lá no maior papo exclusivo, até que a Jane gritou:

— Ei, Salete. Tem muito trabalho aqui. Volta logo!

— Ela nem vai te ouvir — comentei mas, surpresa, a vi caminhando em nossa direção, trazendo o deus grego pela mão.

"Que olhos escuros, que pele morena, que cabelo brilhante, que ombros largos, que sorriso lindo..." meu cérebro registrava, enquanto ele se aproximava. Minhas mãos suavam, meu queixo batia e quase desmaiei quando o ouvi pronunciar meu nome.

— Muito prazer, Flávia!

Flávia... Flávia... Flávia... Naquela voz, meu nome parecia música. E eu tremia. Como apertar aquela mão que ele estendia?

— Ele está falando com você, Flávia. Acorda! — era a Salete me trazendo de volta à Terra. — Este aqui é o Julinho, lembra que eu falei dele?

— Não... — gemi do fundo de um túnel comprido, enquanto tentava tirar minhas mãos suadas do emaranhado de fios das bandeirolas.

Não me lembrava mesmo de ter ouvido Salete comentando sobre nenhum Julinho e ouvi as meninas repetindo minha resposta como se fosse um eco: "Não, não, eu não lembro...".

— Ai, gente! Brincadeira! Não parei de falar nele a semana inteira! — dizia a Salete e, voltando-se para ele:

— Julinho, não repara. Elas adoram brincar comigo. Agora vão fingir que eu nem fiz o seu cartaz por aqui ...

— Não faz mal, Salete... Não ligo — ele respondeu com um sorriso maroto que saía mais de dentro dos olhos que da boca e emendou: — Mas vocês não precisam de ajuda? Acho que posso alcançar o teto bem mais fácil.

Então, como num sonho, mudei de parceira e fiquei entregando metros e metros de barbante e bandeiras para que ele as pendurasse bem alto. Se com a Salete no alto daquela escada a minha tarefa era ridícula, com ele tornou-se a melhor coisa a fazer na vida. Eu poderia ficar horas e horas estendendo meus braços para ele.

Não lembrava de trabalho mais importante, nem de um dia mais lindo, nem de escola mais maravilhosa, nem de amigas tão simpáticas. Tudo, dentro e fora de mim, transformou-se por inteiro e num piscar de olhos, como se o meu mundo estivesse, enfim, desabrochando.

Depois de meia hora de trabalho, ele nos avisou que precisava ir embora.

— Aaaaahhhh! — Todas fizemos coro com a Salete. — Já? Tão cedo, Julinho?

E ele se foi, garantindo que na noite seguinte voltaria para prestigiar a nossa festa.

— Onde você encontrou esse monumento, Salete? — a Vilminha perguntou, ansiosa, tão logo ele se afastou. — Por acaso ele tem um irmão gêmeo?

— Por que você disse que sabíamos que ele viria, se nunca falou de Julinho nenhum? — perguntei.

— Claro que falei! — Salete rebateu. — Não tenho feito outra coisa!

— Que mentira, menina! — A Rubia protestou. — A gente nem sabia que você estava namorando.

— E não estou — Salete justificou-se.

— Então, quem é ele? — perguntou a Jane, intrigada como todas nós.

— Ora, quem eu disse que ia chegar para passar uma temporada lá em casa? — a Salete falou.

— Quem? — insisti, curiosa.

— Meu tio, não lembram? — ela disse, divertindo-se muito com as nossas caras espantadas.

— É... isso você disse mesmo — Rúbia concordou. — Ia chegar um tal tio Júlio...

— JÚLIO! TIO JÚLIO? — eu quase gritei, ou melhor, eu gritei.

— Esse Julinho é seu tio? — A Vilminha até sentou no degrau da escada. — Como diz a minha mãe: Ca-ra-cóis!!! Quem podia imaginar um tio assim?

— Pois é. Vocês viram que eu não estava mentindo quando disse que o meu tio era o máximo — Salete lembrou.

— Máximo? Eu tinha imaginado um velho simpático, já que você me cansava de tanto falar nele — Vilminha comentou.

— Ah, cansava, é? Deixa o titio saber disso — Salete provocou.

E, dizendo isso, foi andando na nossa frente com a cabeça bem erguida, divertindo-se, enquanto ouvia nossas súplicas:

— Eu sou sua melhor amiga, não sou? Você lembra?

— Me apresenta para ele de novo, Salete, quando eu estiver arrumada? Ele tem de pensar que sou outra. Estou horrível, hoje.

— Eu também, amiga. Você é minha amiga, não é?

2

> "A corça, saltitante, percorreu as margens do rio sem sentir o chão que pisava, tamanha a sua alegria. O príncipe, ciente de que ela tanto podia indicar-lhe o ponto mais seguro para cruzar o rio, como guiá-lo a um precipício, continuou em seu encalço..."

Fui para casa pisando nas nuvens. Nunca tinha ficado tão impressionada com ninguém. Agora eu sabia o que era amor à primeira vista. Tinha sido assim, no ato, de imediato. Como um sonho.

Na noite seguinte, minha expectativa de encontrá-lo na festa era enorme. Como ele demorava a chegar, busquei mil motivos para justificar seu atraso. Ora, uma festa de escola! O que um homem daquele ia querer fazer numa festa de escola? E, ao pensar nisso, perguntei para a Salete:

— Que idade tem o Julinho?

— É mesmo. Que idade tem seu tio, Salete? — a Jane demonstrou a mesma curiosidade.

— Não posso falar — a Salete respondeu.

— Como não pode? — perguntei. — Por que não podemos saber a idade dele?

— Bem, meninas — eu explico. — Eu e meu tio fizemos um trato. Ele não está exatamente de férias. Ele vai ficar uns tempos na minha casa, porque está atravessando uma fase difícil e precisa descansar, dar um rumo na sua vida.

— Que tipo de problema ele tem? — a Rubia perguntou. — Por acaso está doente?

— Com aquela saúde toda? — protestou a Jane. — Ora, Rúbia, não seja ingênua, ele pode ter o problema que for, mas garanto que não está doente.

sonia salerno forjaz

Todas nós rimos e concordamos. Se aquele homem tão lindo estava doente, imagine só quando sarasse!

— Não é problema de saúde. É mais coisa de... cabeça, vamos dizer assim — Salete tentou explicar.

— Doença mental? — Rubia quis provocar.

— Problema de cabeça, Rúbia! Grilos, coisa lá da vida dele que não interessa. — Salete reforçou. — Por isso prometi a ele não comentar sobre a sua vida particular. Prometi e vou cumprir.

— Tá bom — eu disse. — Até concordo. Trato é trato. Agora, dizer a idade não é propriamente fazer uma confidência sobre sua vida privada. É?

— Idade é um dado como outro qualquer, como o nome, por exemplo — a Jane argumentou. — Não sabemos o nome? Então. É como fazer um cadastro: nome, idade...

— Sei — a Salete interrompeu. — Depois disso vem o endereço, telefone... Eu sei bem que tipo de cadastro vocês querem do meu tio. Mas eu não vou falar nada!

— Só a idade, vai... Estou morta de curiosidade — pedi.

— Tá bom. Só a idade — Salete concordou. — Quantos anos vocês acham que ele tem?

— Vinte e cinco!

— Mais.. vinte e oito!

— Menos... vinte e quatro!

— Erraram todas — a Salete avisou. — Ele é bem mais velho e, portanto, não é para o bico de nenhuma de vocês. Podem esfriar o entusiasmo porque o Julinho vai fazer trinta anos e para ele todas nós somos crianças.

— Ele disse isso? — Rubia perguntou, preocupada.

— Não. Não disse, mas somos — Salete falou — Esqueçam o meu tio. Temos muitos garotos para conhecer hoje.

Naquele exato momento, vestindo *jeans* e uma camisa branca que realçava ainda mais a cor da sua pele, ele apareceu e, diante daquela visão, todo e qualquer garoto que pudesse estar na escola aquela noite simplesmente não existia.

Mal se aproximou, nos agitamos, excitadas, querendo ser notadas. E ele não deixou por menos.

— Não vai me apresentar as suas amigas, Salete? — falou.

— Ora, Julinho, sem piada. Você já foi apresentado para todas elas, não lembra?

— Mas são as mesmas? Pois estão tão lindas, que eu nem reconheci — ele falou, enquanto exibia um sorriso de fazer queixo trepidar e cair.

Era esperto. Sabia exatamente o que nos dizer para que caíssemos aos seus pés. E não deu outra. Como recompensa por ter reparado no nosso visual, ele foi cercado de atenção. Todas falavam muito. Só eu estava muda.

Muda, surda, catatônica. Não por ser mais discreta, mais educada ou elegante, mas simplesmente porque diante dele eu perdia a fala. Não encontrava nada inteligente para dizer, nada que pudesse impressioná-lo. Meus joelhos falavam por mim, de tanto que balançavam. Mas a verdade era uma só e gritava dentro de mim: "Eu, Flávia, me declaro apaixonada, insegura, encantada, assustada e completamente perdida".

No alto-falante, tocava a música do Jobim que meus pais tanto adoravam: "eu sei que vou te amar, por toda minha vida eu vou te amar..." E eu já o amava. Por toda a minha vida. Só não sabia ainda que, como dizia a letra da canção, em cada despedida eu o amaria desesperadamente, nem que eu choraria a cada ausência dele mas cada volta haveria de apagar o que essa ausência me causasse, ou, ainda, que eu sofreria a eterna desventura de viver à espera de viver ao lado dele por toda a minha vida.

Quando a professora disse que era hora de assumirmos nossos postos — trabalhávamos na festa em turnos — examinou suas anotações e chamou, apontando cada uma:

— Você no correio, você na cabine de som, você na barraca de doces, Salete comigo.

— E eu? — perguntei.

— Fica para a próxima rodada, Flávia. Chamo você mais tarde.

Dizendo isso, ela se afastou levando consigo as meninas. Antes de ir, a Salete deu um beijo no tio e, com o dedo apontado para o meu nariz, recomendou:

— Toma conta dele que eu já volto, tá?

Foi assim que me vi sozinha com o deus do Olimpo e perdi a fala de vez. Era estranha, trêmula e desafinada a voz que falou por mim quando ele comentou, com seus olhos profundos mergulhados nos meus e me fazendo corar:

— Ficamos sozinhos.

— Eu reparei — respondi, pensando em como poderia não reparar.

Então, segurando o meu braço, ele me levou pelo pátio que eu pisava como se fosse a relva macia de um bosque encantado, e perguntou:

— E você, por acaso tem alguma tarefa que não seja a de me fazer companhia?

— Si... sim, quer dizer, na ... não — gaguejei.

— Sim ou não?

— Não — falei mais firme, embora tivesse de assumir a cabine de som logo após a Rúbia.

— Que ótimo! Vamos nos divertir, então — ele me entregou um refrigerante junto com a inevitável pergunta: — Quantos anos você tem, Flavinha?

— Quantos você acha que eu tenho? — a voz tremida perguntou, enquanto o som de "Flavinha" ainda ecoava em meus ouvidos.

— Dezoito — ele arriscou.

— Aparento dezoito? — tentei ganhar tempo sem desmentir ou confirmar.

— Não sei. Você aparenta ser mais adulta do que as suas colegas.

— Vamos até a barraca das argolas? — desviei o assunto, depressa, antes que tivesse que admitir os meus pobres quinze anos.

— Vamos, princesa. Mas antes, posso lhe dizer uma coisa?

— O quê?

— Você é linda. Muito linda.

— Não brinca, Julinho — falei, sentindo o rosto em brasa.

— Juro. Você me impressionou já na primeira vez em que a vi e aquela cena não me sai da cabeça. Uma mecha de cabelo na sua testa, você segurando as bandeiras coloridas, sua face... Foi uma miragem. Acredita em amor à primeira vista?

— Não sei ... — disse por fora, enquanto por dentro repetia: ACREDITO, ACREDITO, ACREDITO.

— Sou capaz de me apaixonar por você, menina. De verdade.

— Vamos até a barraca? — fingi não ter ouvido, tamanha era a minha insegurança diante dele.

— Depois. Antes conte também o que sentiu quando me viu ontem e hoje. Não existe algo forte entre nós?

— Eu... não sei... acho que sim — e por dentro meu peito batia e gritava: SIM, SIM, MIL VEZES, SIM!

— Que tal a gente se encontrar amanhã? Só nós dois.

— Acho que não vai dar...
— Acho que não vai dar... — ele imitou meu jeito de falar. — Apenas me diga: você quer?
— Você deve estar ocupado — tentei fugir. — Precisa resolver seus assuntos, seus problemas...
— Que problemas? Acabo de conhecer você e isso resolve todos os meus problemas.
— Você está falando sério, Julinho? — perguntei, morrendo de medo que ele zombasse da minha ingenuidade.
— Nunca falei tão sério em toda a minha vida. Vamos. Depois da escola, na hora do almoço?
— Tenho aula de inglês.
— E depois do inglês?
— Bem...
— Pode ser?
— Acho que sim.
— Então eu vou te buscar. Onde fica a escola?
— Não. Lá não. Minha irmã vai estar comigo.
— Se isso é problema, posso resolver.
— Como?
— Falando com a sua família, ora.
— Falando? Falando o quê?
— Que vamos sair juntos, namorar. Acha que tenho idade para ficar me escondendo? — E, sério, dando um passo para trás como decidido a se afastar de mim, considerou: — Você não está me levando a sério...
— Amanhã — falei depressa antes que ele me escapasse. — Na lanchonete da escola de inglês. Você disfarça, finge que não me conhece e eu digo para a minha irmã que vou ficar na biblioteca. Aí a gente sai.
— Perfeito! — ele falou entusiasmado outra vez e eu vi que tinha marcado pontos a meu favor.

Era isso que eu precisava fazer, descobri. Mostrar-me segura, adulta. Aquele homem queria uma mulher segura de si, de verdade. E essa mulher seria eu.

sonia salerno forjaz

3

> "Com sede, o príncipe parou para beber da água do rio e perdeu de vista a corça que seguia. Por instinto, caminhou por uma trilha até dar numa praia onde viu uma mulher curvada sobre um barril. Aproximando-se, viu um anel de ouro no fundo do barril e a mulher, adivinhando-lhe os desejos, sugeriu que ele entrasse e pegasse o anel."

Ele tomava água na lanchonete quando eu me desvencilhei da Lígia. Já o tinha visto de relance e quase rolado escada abaixo, pernas bambas de tanta emoção.

— Ei, viu assombração? — a Lígia perguntou. — Você ficou branca de repente, menina!

— Acho que estou ficando com fome.

— E vai ficar na biblioteca mesmo assim? Por que não almoça primeiro? — Lígia perguntou.

— Fica tranquila que eu como alguma coisa antes de estudar — prometi.

— Acho bom, senão a mamãe vai ficar uma fera — a Lígia me roçou um beijo no rosto e saiu dizendo o que costumava dizer sempre: juízo. Como se ela o tivesse de sobra.

Claro que eu teria juízo. Juízo para não deixar meu amor me esperando por muito tempo. Então, assim que ela ganhou a calçada, fui encontrá-lo.

— Pensei que você não tomasse essas coisas — brinquei com ele, referindo-me à água.

— Eu levo uma vida saudável, bebo muita água. Bebida alcoólica só uma vez ou outra. Nem gosto muito.

— Eu também não gosto — comentei.

— Isso significa que eu jamais devo beber quando estivermos juntos?

— Imagina, Julinho. Não falei por isso. Você faz da sua vida o que quiser!

— Ah! Uma namorada liberal, eu arrumei. Que ótimo! Você não é daquelas que ficam pegando no pé e fazendo exigências: não beba, não fume... Que alívio!

Ele disse tudo isso, sorrindo, erguendo as mãos para o céu, brincando comigo, mas eu vi que tinha somado mais pontos a meu favor com aquele sábio comentário. Aos poucos, descobria o tipo de mulher que ele esperava encontrar em mim: esperta (capaz de armar estratégias para vê-lo); liberal (deixando-o livre para agir como quisesse); adulta e segura de mim (nunca mais a frase "acho que não vai dar"). E eu estava disposta a ser tudo isso para ele. Tanto estava que, muito séria e compenetrada, perguntei:

— O que fez você vir passar uns dias na casa da Salete? Negócios?

— Sim. Exatamente. Negócios. Tenho compromissos nessa região e nada melhor do que ficar hospedado na casa de minha irmã. Conservo os mimos de sempre.

— Você mora sozinho?

— Sim e não — ele titubeou, fez que pensava a melhor resposta, para no fim emendar:

— Posso pedir um favor?

— Claro!

— Não queria falar da minha vida pessoal por uns tempos. Sabe, estou com uns problemas que me aborrecem muito e se tocar no assunto...

Eu o interrompi no mesmo instante. Primeiro, feliz por constatar sua sinceridade já que a Salete tinha mesmo comentado sobre isso. Segundo, porque queria ser a última pessoa a lhe fazer qualquer pressão.

— Não precisa me contar nada, então. Eu entendo — disse.

— Compreensão, Flavinha. É tudo o que preciso nestes dias difíceis: sua compreensão. Você não sabe o bem que me faz evitando que eu exponha meus problemas.

Mais pontos para Flavinha! (e que nome mais lindo era o meu!). Flavinha tinha sido sábia outra vez poupando o seu grande amor de maiores aborrecimentos. Então, ele propôs:

— Vamos para um lugar mais agradável?

— Claro... Onde?

— Surpresa. Antes deixe que eu lhe diga uma coisa, Flavinha — ele falou me olhando fundo nos olhos. — Quero que este nosso relacionamento seja maravilhoso, sem interferências, intrigas, problemas. Você me entende?
— Claro.
— Para isso, vamos evitar comentários. Não quero fofocas de pessoas maldosas. Afinal, você sabe, a nossa diferença de idade...
— Claro... — era só o que eu sabia dizer.
— Que tal sairmos em segredo, pelo menos por enquanto? Depois, falarei com seus pais, mas aí então já nos conheceremos melhor e...

Num impulso, toquei seus lábios com as pontas dos dedos, impedindo que ele falasse. Eu tinha visto esta cena no cinema e gostado muito. Era perfeita para aquele momento. A mulher, compreensiva e meiga, evita que o seu amor se aborreça com detalhes menores, insignificantes. Ele tinha dito a palavra mágica: RE-LA-CI-O-NA-MEN-TO. Nós tínhamos um relacionamento. Eu, Flávia, antes tão insignificante, tinha conquistado o coração de um homem como aquele. O que eu podia desejar mais? Meu peito transbordava de alegria. Nada mais me faltava.

4

"O príncipe percebeu que o barril tinha um fundo falso e que quanto mais ele afundava, mais longe ficava o anel. Então, a mulher fechou o barril bem fechado, rolou-o até o mar e deixou que as ondas o levassem, dizendo: 'um barril aprisiona, mas também salva'."

Naquela tarde, fomos a um parque num dos pontos mais altos da cidade, de onde se via uma paisagem linda. Poucas pessoas passavam por ali àquela hora da tarde, num dia de semana. O mundo continuava apressado e cheio de problemas, mas eu e meu amado estávamos ali, sentados na grama, pairando nas nuvens, acima de todos, trocando juras e fazendo planos.

— Um dia, nós vamos nos casar — ele disse, de repente.

— Julinho! — falei com o coração aos pulos. — A gente mal se conhece e você já está falando assim? Não sabemos nada um do outro!

— E precisa saber mais do que o que nós sentimos?

— Mas assim você me assusta.

— Minha criança! — ele falou me abraçando. — Assustei você. Claro que não vamos nos casar agora, Flavinha. Mas, um dia, eu tenho certeza, você será a minha mulher.

— Como pode ter tanta certeza? — perguntei, sentindo um misto de mágoa por ser chamada de criança e de alegria por ele cogitar que eu pudesse ser sua mulher.

— Eu sinto isso, Flavinha. Aqui dentro — ele disse, pondo a minha mão sobre o seu peito.

Nosso encontro foi mágico, inesquecível. Julinho era calmo e carinhoso. As horas passaram ligeiras e começava a escurecer quando ele se ofereceu para me levar para casa e embora eu não quisesse voltar, sorri para ele me sentindo a pessoa mais feliz sobre a face da Terra. O vento batia no meu rosto e a paisagem era um misto de rosa e azul, com o sol se pondo ao longe. Parecia uma pintura, um quadro, mas um quadro do qual a minha vida fazia parte. A minha e a dele, de mais ninguém.

Definitivamente, eu amava Julinho. Amava sua figura, seus gestos, sua roupa, seu carro, seu cheiro, o cheiro do seu carro, sua voz e tudo o que pudesse estar ligado a ele. Eu era capaz de amar os objetos que ele tocava, pois tudo, perto dele, assumia um poder transformador. Estava namorando o homem mais maravilhoso do mundo e as coisas só não eram mais perfeitas porque eu não podia sair contando isso para todos, aos berros, aos gritos, na maior euforia!

— Chegamos, neném — ele falou, encostando o carro numa esquina cerca de duas quadras antes de chegarmos ao meu prédio.

— Neném? — falei, sentida.

— Não gosta?

— Não.

— Como prefere que eu chame você? Flávia, Flavinha?

— Flavinha, como fez a tarde inteira — pedi.

— Flavinha e Julinho? — ele falou, rindo de mim.

— Só se você quiser... — me apressei em não contrariá-lo, pois se ele me quisesse neném, neném eu seria.

— Eu quero, Flavinha. É exatamente assim que eu quero.

E, dizendo isso, ele me puxou para perto e me deu um beijo na boca como eu jamais tinha experimentado. Desci do carro vendo estrelas cintilantes e coloridas. Tudo o que eu queria naquele instante era que o tempo parasse para sempre, mas quando me voltei para dar adeus, o carro já tinha sumido.

5

"Depois de longo tempo flutuando, o barril foi jogado na praia e o príncipe voltou a avistar a corça que, num relance, transformou-se em uma linda jovem a correr por entre as árvores, com a saia esvoaçando ao vento. Nova perseguição teve início. Nenhum deles desconfiava o que lhes reservava o destino."

Os dias passavam rápidos e quase tranquilos. Quase, porque eu vivia dividida entre o segredo do meu grande amor e a minha vida rotineira. Eu tinha sido escolhida, entre tantas outras moças, para ser parceira, amiga e confidente de Julinho e embora ficasse envaidecida por estar vivendo uma coisa tão madura, aquela vida dupla me inquietava e gerava uma incômoda sensação de culpa.

Culpa por precisar esconder e mentir cada vez mais e melhor, desenvolvendo uma certa habilidade para evitar contradições. E eu me adaptei depressa. Mentia tanto em casa, arrumando pretextos para me encontrar com Julinho, quanto na escola, com as minhas amigas, fingindo não ter notícias dele, como naquela manhã em que a Jane, assim, do nada, perguntou:

— E o seu tio, Salete, sumiu?

— Claro que não. Ele só não veio mais aqui na escola. Que graça teria para ele?

— É. Acho que nenhuma. — Rubia assentiu. — Pelo menos para ele, pois para mim teria muita graça. Gostei dele.

Senti vontade de contar para elas que Julinho era meu, todinho meu. Que ninguém sabia dele mais do que eu. Que eu tinha sido a escolhida, que saía com ele, falava com ele e o tocava. Que ele me abraçava e beijava como nenhum daqueles garotos que conhecíamos sabia fazer. Queria matá-las de inveja e não podia. Tinha de me manter calada, escondendo meus melhores dias, minha maior conquista. E isso não era nada fácil.

Difícil era também em casa, pois minha mãe estava estranhando o fato de eu ter tantos programas diferentes da Lígia, já que normalmente saíamos com a mesma turma. De repente, eu citava novos amigos, novos bailes, novas festas. Ou, então, dizia estar indo ao cinema sozinha, coisa que sempre tinha achado muito ruim.

— Questão de hábito, mãe — eu argumentava com uma segurança recém conquistada. — Tudo é questão de acostumar. Quero sair sem depender de uma companhia.

Diante de um discurso desses, a mamãe arregalava os olhos, mas acatava. Cada um com a sua mania. E a minha mania agora era aquela.

Ajudou muito quando a Lígia começou a namorar com Rubens, filho do sócio do meu pai, pois acabei ganhando mais um argumento para sair sozinha.

Diferente do que aconteceria com Julinho, Rubens foi imediatamente aprovado por toda a minha família. Recém formado em odontologia, estava, com a ajuda do pai, montando um consultório com dois outros colegas. Mas na minha opinião, Rubens era médio em tudo: beleza, inteligência, simpatia, elegância e também na paixão que demonstrava ter por Lígia. Tinha também a possibilidade de um futuro médio, o que, para uma família que sonhava casar as filhas já era um bom começo.

Acima da média estava o Julinho. Lindo, romântico, seguro, perfeito e, o melhor de tudo, imprevisível. Julinho ultrapassava qualquer expectativa e adorava me fazer surpresas. Às vezes, desaparecia, mas logo percebi ser esta uma estratégia para, em seguida, me surpreender e me agradar. Claro que eu me sentia insegura quando ficava sem notícias; no entanto, o seu retorno era tão vibrante que apagava qualquer desapontamento meu.

Um dia, fomos ao cinema. Ele simplesmente me ligou e definiu onde e quando queria me ver — um cinema de um bairro afastado para que ninguém nos visse. Assim que o vi, notei algo diferente e ele, percebendo o meu olhar, contou:

— Cortei o cabelo. Ficou ruim?

— Não. É que eu gostava dele mais comprido aqui no pescoço — comentei, passando a mão no lugar em que faltava cabelo e me sentindo bem com esta intimidade.

Julinho demonstrou o arrepio que a minha mão tinha provocado, me abraçou forte e me entregou um pequeno pacote que abri, intrigada, até descobrir que era o seu cabelo cortado, embrulhado para presente.

Achei aquele gesto tão lindo e poético, que quase chorei ali mesmo. Então ele me apertou outra vez e disse:

— Viu como eu te conheço? Sabia que você ia gostar.

— Nossa, Julinho, eu adorei. De verdade...

— E você acha que este tipo de sintonia existe com todos os casais, Flavinha? O que mais eu preciso fazer para mostrar para você que nascemos um para o outro?

Eu me derreti toda com seu gesto inesperado e, depois, no escuro do cinema, quase desmaiei em seus braços, tantos foram os beijos quentes e insistentes.

Desejo. Neste dia, descobri verdadeiramente o que vinha a ser o tão falado desejo e não encontrei um único adjetivo que descrevesse a intensidade do que eu estava experimentando. Com Julinho, eu finalmente entendia o que era estar viva.

Diante disso, surgiu, entre todas as novidades que eu enfrentava na minha vida, uma terceira situação ainda mais difícil. Mais do que calar diante das amigas, mais do que mentir diante da família, o meu problema agora era saber conduzir meu relacionamento, pois logo percebi que Julinho não pretendia ficar muito tempo namorando em parques e cinemas. Ele preferia lugares mais afastados, discretos e sugeria sempre o que ele chamava de programas mais adultos. Para me convencer, nestas horas, fazia questão de frisar o quanto eu precisava amadurecer e agir segundo as minhas vontades próprias, dizendo: "Meu amor, você não acredita em mim? Meu amor, você acha que vamos controlar por quanto tempo nossa paixão? Meu amor, estou começando a ficar impaciente".

E a sua impaciência o levava a exigir avanços para os quais eu não estava preparada. Enquanto eram os beijos, cada vez mais ardentes, eu o acompanhava bem. Bocas unidas eram apenas bocas unidas e eu gostava muito de beijá-lo. Nada contra os abraços também. Meu problema maior era com as mãos que insistiam em ziguezaguear pelo meu corpo inteiro, me deixando rígida, assustada.

— Assim não dá, neném. Assim não dá. E não é possível que você não me entenda!

Ele protestava, no início com paciência, mas à medida que eu me retraía, ele ia mudando o tom até que, simplesmente, ligava o carro e saía cantando pneus, me largando na esquina de casa, demonstrando um contraste enorme de atitude.

6

"A jovem continuou correndo até que, fatigada e sem fôlego, recostou-se numa pedra fria. Seu coração batia descompassado. Com um misto de medo e encantamento, observou o seu perseguidor. Os dois se aproximaram, mas ao notar seu medo, o príncipe afastou-se, quebrando o encanto do momento. Então, ela chorou."

Nestas horas eu chorava. Não conseguia entender essa transformação, ou talvez não quisesse. Tudo sempre começava bem, numa delicadeza só, mas acabava tão mal que eu me perguntava até quando Julinho teria paciência comigo. Então, à noite, sozinha na cama, nos imaginava vivendo cenas tórridas de amor e paixão e me convencia de que o que sentíamos era natural. Por que, afinal, eu não podia ser mais liberada se éramos loucos um pelo outro?

Fácil de imaginar. Fácil buscar filmes e livros com enredos picantes e me ver como protagonista. Mas, na prática, ao vivo, em cores, olho no olho, eu esfriava, congelava e punha tudo a perder, sem saber explicar por que agia assim.

Nenhum assunto tinha sido expressamente proibido dentro de casa, muito embora não conversássemos abertamente sobre sexo. Eu era bem informada, já tinha namorado antes, sabia como as coisas aconteciam e, especialmente desta vez, com o Julinho, eu queria que elas acontecessem. Queria. Gostava. Aprovava. Mas não conseguia corresponder ao seu desejo que era infinitamente maior e mais exigente do que o meu.

Não era a minha hora? A hora certa? Mas qual era o relógio que me avisava que hora era essa? Não bastava um homem estar apaixonado por mim? E eu não estava igualmente apaixonada? Então, que alarme era aquele que soava na minha cabeça cada vez que Julinho se tornava mais ousado?

Neném. Talvez ele tivesse razão e eu precisasse admitir que era uma criança boba e inadequada. Inadequada para ele, que buscava em mim uma mulher. E inadequada para mim, que queria ser essa mulher que ele buscava. Portanto, era urgente mudar. E, para isso, eu me esforçava bastante, repetindo frases convincentes, lendo poemas ardentes, sonhando acordada e, em sonhos, tudo corria às mil maravilhas.

Eu acreditava mesmo que esse exercício mental era capaz de me dar alguma experiência e de me preparar para os nossos encontros. Mas não dava, nem preparava.

Enquanto vivia este conflito interior, tive um desmedido surto de vaidade. Minha vida tinha se transformado e eu experimentava novas sensações de uma maneira muito intensa. Tudo era movido a paixão. Julinho, com suas cobranças, me obrigava a estar alerta, pronta a atender os seus apelos e era por ele que eu passava horas diante do espelho, ensaiando poses e expressões, testando novos e caros produtos, preocupada com a minha aparência.

Passei a comprar todas as revistas femininas das bancas de jornal e, além de tentar descobrir tudo sobre estética e beleza, lia com interesse matérias sobre a arte de amar e seduzir, além de responder a testes que me convenciam estar no caminho certo: eu era ardente, sexy, segura, liberada e estava pronta para amar. E o mais importante: Julinho estava apaixonado por mim. Suas reações de ficar zangado e me largar na esquina provavam isso. Era óbvio. Ele me queria tanto que ficava frustrado com as minhas recusas. E ele também sofria, como sofria.

Por isso era urgente mudar. E eu bem que tentava. Mas quando percebia que os seus abraços começavam a ficar mais ousados, eu arregalava os olhos e tentava, sem sucesso, recordar todos os ensinamentos das revistas, todas as frases que me garantiam estar vivendo um momento especial.

Se era especial, era também novo, estranho. Eu tinha dado um salto ao namorar um homem experiente e não sabia lidar com isso. Ou, melhor, sabia a teoria, já que em todos os lugares havia fotos e matérias que me davam receitas infalíveis. Era na prática que eu estragava tudo.

— Meu amor, meu amor... — Julinho dizia. — Começo a achar que você não me ama!

— Amo. Amo muito. Mais do que tudo, Julinho. Só que eu pensei que hoje a gente fosse conversar um pouco.

— Mas você não parou de falar até agora, meu bem...

E de fato eu falava demais. Tudo era pretexto para adiar aquele momento de, no meio de um beijo que eu estava curtindo, sentir a sua mão quente subindo pelas minhas pernas ou por dentro da minha blusa. Ou, o que me parecia pior, sentir que ele levava a minha mão a percorrer seu corpo, ensinando, competente, o que eu devia aprender.

Estratégias. Eu vivia criando estratégias para usar nesses momentos e uma delas foi interromper seus carinhos para entregar o cacho de cabelos que eu tinha cortado especialmente para ele, selando uma troca só nossa, retribuindo o seu gesto.

Cabelos eram mágicos. Era isso que eles significavam nas histórias que eu lia desde menina e quando Julinho tinha me oferecido os seus, decifrei a mensagem: um amuleto que nos ligava independentemente de distâncias ou destinos. Cortar o cabelo pensando em mim e, depois, eu cortar o meu pensando nele, tinha um significado que talvez Julinho jamais pudesse alcançar, pois, muito irritado, falou:

— O que é isso Flávia?

— Meu cabelo, para você guardar. Não foi assim que você fez, Julinho? Estou retribuindo o seu carinho.

— Mas isso é hora, Flávia? Você acha que é este tipo de carinho que estou querendo?

Julinho afastou-se, zangado, e disse estar atrasado para um compromisso qualquer. Eu sabia que ele não ia gostar da minha atitude, que acharia o momento impróprio. Mas era impróprio para ele, não para mim.

Neste dia, voltamos para casa num silêncio absoluto. Os únicos ruídos vinham de minha cabeça emaranhada em dúvidas. Fazer o quê? Contar para quem? Pedir conselho como, se ninguém podia saber que estávamos namorando?

A verdade é que, dentro de mim e involuntariamente, havia um freio natural que os meus pais certamente aprovariam. Eu só queria ganhar um pouquinho mais de tempo. Não me sentia segura e pedia a Julinho paciência. Sempre. Mais e mais um pouco de paciência. Tanto que, quando ele estacionou e esperou que eu descesse sem comentários ou despedidas, prometi, mais uma vez:

— Eu vou ser sua, Julinho. Só queria mais um tempo...

— Você vai ter o tempo que quiser, Flávia. — disse isso abrindo a porta do carro e fazendo cara de quem jamais voltaria.

Voltou. Voltava sempre. E fazia isso porque eu ligava para ele, insistentemente, chorando, implorando, gravando recados, mandando mensagens, até ele acreditar que finalmente eu estava pronta. Era mentira. Mas esta, eu contava para mim também.

7

> "Ao ver a jovem chorando, os pássaros, enternecidos e preocupados, se aproximaram para confortá-la. Ela então lhes falou sobre os seus medos de seguir adiante, apesar do enorme desejo de conhecer o príncipe. Todos, querendo ajudar, lhe indicaram diferentes caminhos."

Tentei manter o meu papel de adulta e continuei convivendo com a minha vida múltipla. Em casa, a filha confiante, cheia de amigos e programas novos. Na escola, a amiga misteriosa que nada comentava sobre o seu melhor e maior envolvimento romântico.

Até que, tentando dar vazão a tanta tensão e ansiedade, inventei um namorado — a quem dei o nome de Jaime para justificar a minha recente idolatria pela letra J estampada em meus cadernos -, e passei a contar para as minhas amigas algumas das experiências que eu vinha vivendo. A curiosidade delas, porém, tornava tão difícil a composição de um personagem que às vezes eu fingia estar em crise, prestes a terminar o romance, só para fugir de tantas perguntas.

Mas crise realmente havia, não com o idealizado Jaime, e sim com o real Julinho, de quem eu me julgava namorada. Namorada, amada, mas não amante. Eis o motivo do nosso constante e cada vez mais profundo desentendimento. Por isso, fingindo tratar-se do meu personagem, tentei me consultar com as meninas sobre como deveria agir com um rapaz mais velho e mais experiente do que eu e, sem saber de quem exatamente estávamos falando, a própria Salete aconselhou:

— Se você tem certeza de estar apaixonada e de ser correspondida, deve mergulhar na relação.

— Mergulhar como? — perguntei, ingênua.

— Ora, de cabeça e corpo inteiro! Se é paixão verdadeira e o carinha está querendo uma coisa mais intensa, o que vocês estão esperando?

— Você faria isso? — perguntei, duvidando que Salete adotasse para a sua vida os conselhos que me passava.

— Claro que sim! — ela respondeu, categórica.

— Pois eu não consigo imaginar você, Salete, tendo um caso. Você sempre foi tão família! — a Jane comentou.

— E o que isso tem a ver, gente? — Salete argumentou. — Posso continuar sendo família e viver uma história de amor. Qual o problema?

— Não combina com você — a Rubia confirmou nossa opinião. — Não parece ser este o tipo de relacionamento que você procura.

— Não procuro mesmo, mas se acontecer eu juro que encaro! — Salete reforçou e, voltando-se para mim, perguntou:

— Você procurou, por acaso?

— Não — falei, desta vez sendo sincera. — Simplesmente aconteceu.

— E como foi que aconteceu? — perguntou Vilminha.

— Bem... nós fomos apresentados numa festa da... — tive de inventar depressa, sob olhares de expectativa — ... numa festa da minha família... um casamento.

— Casamento da família... — considerou a Rubia — ... então seus pais o conhecem.

— Nossa! Que situação! — a Jane exclamou. — E eles já sacaram tudo?

— Não, gente. Acho que eles nem o viram — expliquei confusa, como confusa é toda mentira.

— Como pode? Estavam lá e não viram o sujeito? — Salete desconfiou.

— É. Meus pais nem devem ter reparado nele. Fomos apresentados numa roda, fora do salão — continuei inventando e até imaginando as cenas que criava.

— Mas se o cara é um gato e deu em cima de você a festa inteira, tenho certeza que sua mãe percebeu — Rubia falou. — Mãe sempre saca essas coisas.

— A minha não. Ela é desligada... — outra mentira.

— E como foi que ele chegou em você? — Jane perguntou.

— Ora, gente, ... chegando. Ele me pediu o telefone e ligou no dia seguinte — falei.

— E agora vocês estão no maior romance — Rubia comentou, virando os olhos.

— No maior romance complicado — completei. — Por causa destas coisas que contei para vocês... Sabem, um cara mais velho...
— E como é que você vai sair dessa? — Vilminha perguntou exatamente aquilo que eu queria saber.
Eu simplesmente olhei para elas esperando uma sugestão que Salete, como se fosse autoridade no assunto, se prontificou a dar, dizendo:
— Vamos por partes. Até que ponto vocês já foram? Beijos, abraços, amassos e...
— E... — repeti o tom das suas reticências, passeando sem jeito minhas mãos pelo corpo, querendo me referir às nossas carícias.
As meninas riram da minha timidez e, querendo mais detalhes, Rúbia se aproximou, fechando a nossa roda e, fazendo com as mãos dois gestos indicadores de tamanhos, perguntou:
— E... ou e...?
Todas, entendendo claramente sobre o que ela se referia, aguardaram a minha resposta.
— Vamos, menina, diga o que foi que você encontrou nestas suas andanças? — a sempre elétrica Vilminha insistiu.
— Vocês não levam nada a sério mesmo — reclamei. — Eu me abro com vocês cheia de dúvidas e tudo que vocês querem saber é isso?
Por sorte, dois colegas se aproximaram e nós tivemos de mudar de assunto depressa. Curioso, um deles perguntou:
— O que é tão engraçado que vocês não param de rir? Qual é a piada?
— Não é piada nenhuma — Vilminha respondeu, batendo nas minhas costas. — Estamos falando sobre um problema sério aqui da nossa amiga.
— Vilminha!!! — protestei.
— E eu posso ajudar? — ele insistiu.
— Bem... até que pode — Salete pôs lenha na fogueira e me deixou apavorada. — Queremos saber qual é a sequência.
— Sequência do quê? — ele perguntou, interessado.
— De nada, gente, de nada — falei, apressada, tirando as meninas de perto deles.
No meio do pátio, todas ainda riam feito crianças, quando a Rúbia perguntou, esquecida do início da conversa:
— A nossa dúvida não era sobre tamanho? De que sequência vocês estavam falando?

— Beijos, abraços, amassos e... — lembrou Salete. — Queremos saber o que vem depois.

— Eu sei o que vem depois do depois — Vilminha falou, assumindo postura de grávida e andando na nossa frente com as mãos nos rins e as pernas meio abertas.

— Ah, não, Vilminha! Nem brinca com uma coisa dessas! — pedi, séria, enquanto todas gargalhavam.

E foi assim que meu pedido de ajuda para saber como lidar com o meu quente romance, apesar de tantos palpites, acabou ficando sem retorno.

8

"Indecisa sobre qual direção tomar, a jovem não foi muito longe. Na beira do rio, observou a paisagem que, sem a presença do príncipe, tinha perdido muito do seu brilho. Mas, desejando um novo e inesperado encontro, a jovem mergulhou nas águas claras."

Se, na escola, eu driblava minhas amigas com uma história de amor cujo protagonista era inventado, em casa eu mergulhava em mais uma polêmica: ir ou não ir ao aniversário de meu irmão caçula.

O convite inesperado chegou num sábado. Papai, também inesperadamente, resolveu passar em casa para almoçarmos fora e fez a proposta: que tal se, finalmente, conhecêssemos Bruno?

Bruno era o nome do irmão que eu só conhecia através de fotos, filho do segundo casamento de meu pai. Vítima inocente das nossas desavenças familiares, o menino estava órfão de irmãs pelo simples fato de as nossas mães não suportarem a idéia de uma aproximação entre as suas proles. Papai, cheio de orgulho, sempre nos contava sobre os progressos de seu herdeiro, enquanto mamãe fazia questão de ignorar sua existência por ser ele o marco mais representativo do triste fim da sua história conjugal.

Meus pais estavam separados há dois anos e meio e, para a minha mãe, este segundo casamento representava uma traição, não importando a data em que sua história tivesse começado. Como a iniciativa da separação tinha partido dele, por um longo tempo tomamos as dores de minha mãe como sendo nossas e crucificamos o meu pai sem direito a julgamento ou apelação. Chegamos a ficar quase um ano sem vê-lo e só nos reaproximamos por causa de uma crise renal de mamãe que nos obrigou a lhe pedir ajuda para uma internação de emergência.

Nas raras vezes que ligávamos para o novo apartamento dele, podíamos sentir no ar a atmosfera de rivalidade que se criava. Sua esposa morria de ciúme do tempo e da atenção que eu e Lígia eventualmente pudéssemos roubar. A tensão era permanente, de ambos os lados e, apesar de eu morrer de curiosidade de conhecer e até de conviver com o meu irmão, por consideração a minha mãe, renunciei a isso.

Agora vinha meu pai oferecendo uma oportunidade de trégua. Conheceríamos o seu apartamento, a sua esposa, o nosso irmão, a intimidade do lar e até a cama onde ele — meu pai — agora dormia com a eternamente "outra". A curiosidade existia, mas sabíamos que seria quase impossível convencer mamãe de que já era a hora de que pelo menos nós, as filhas, aceitássemos aquela situação com naturalidade. Tínhamos algum tempo para pensar, e diante dos obstáculos que mamãe certamente colocaria nas pretensões de papai, tinha sido ótimo ele nos convidar com antecedência.

Na verdade, eu e Lígia já tínhamos várias vezes planejado um encontro deste tipo, quando então não perderíamos a oportunidade de alfinetar a nossa quase madrasta. Bastaria que lembrássemos de doces momentos do convívio familiar, frisando o quanto nossos pais se davam bem, o quanto todos nós tínhamos sido felizes e, para complementar, insistir que Bruno era a cara do pai. Nessas crises malvadas de ciúme eu e Lígia éramos, finalmente, solidárias e absolutamente infantis.

E era com essa mesma infantilidade que eu pretendia, ao lado de um homem que tinha o dobro da minha idade, aparentar uma segurança de mulher fatal e sedutora. Vida bem contraditória a minha.

9

"O frescor das águas acalmou a jovem que logo avistou o príncipe se aproximando em seu cavalo. Num impulso, ela lhe estendeu os braços e ele a ajudou a subir. A jovem notou que cavalgavam em direção às rochas e tamanha ousadia lhe causou arrepios. No entanto, uma árvore caída ao chão impediu que eles seguissem adiante."

Depois de uma semana afastada, reencontrei Julinho. Eu estava no meio de uma aula quando o meu celular tocou e, diante do olhar fulminante do professor, desliguei o aparelho, não sem antes verificar o número de quem chamava: era ele.

A partir daí, deixei de ouvir qualquer coisa dita na sala de aula, ansiosa para poder sair e retornar sua ligação. Estas surpresas de Julinho eram raras e eu precisava aproveitar ao máximo a alegria de estar sendo procurada por ele.

Assim que pude, saí da sala e liguei de volta. As meninas, me acompanharam tentando descobrir meu segredo e eu confirmei que era, sim, meu namorado, mas elas nem de longe podiam suspeitar tratar-se de Julinho. Fui me afastando delas, enquanto ouvia o aparelho sendo chamado do outro lado da linha e, finalmente, a voz adorada atendendo:

— Alô.
— Você ligou?
— Sim. Onde você está?
— No colégio... com as meninas.
— Já percebi o perigo. Dá para falar um pouco?
— Sim.
— Vou ter uma folga no trabalho e quero ver você.
— Hoje?
— Daqui a duas horas. Você pode?
— Bem... — fiquei insegura. — Aonde nós vamos?

— Não importa. Quero ver você.
— É rápido?
— Tenho a tarde livre.
— Uhn...
— O que foi? Não gostou da surpresa?
— Claro que gostei... é que eu não estava esperando — falei, apenas preocupada com o nosso destino.
— E o que tem isso?
— Nada... — falei, imaginando se teria tempo para me produzir e coragem para enfrentar o encontro.
— Como é. Dá ou não dá?
— Dá.... Onde você me pega?
— No lugar de sempre. Às três horas. Não se atrase.
— Tá bom — falei, enquanto já ouvia o som do aparelho desligado e me sentia atordoada com a proximidade de um encontro que me parecia decisivo.

Voltei para a sala de aula e para a curiosidade das meninas.

— Que cara é essa, Flávia? — a Jane perguntou.
— Já sei. Era o Jaime, não era? — Rúbia arriscou.
— Era. Ele quer se encontrar comigo.
— Xiiii! É hoje! — Vilminha anunciou. — De hoje você não escapa.

Eu simplesmente olhei para ela entre séria e assustada.

— Escapa? — ela insistiu.
— Acho que não — respondi, causando o maior alvoroço entre elas.
— O que ele falou exatamente? — Rúbia perguntou. — Convidou para ir aonde?
— Ele só disse que está com tempo livre para me ver — respondi.
— Danou-se — Jane comentou.
— Não fala assim, Jane. Já estou apavorada. Não piora tudo — pedi.
— Mas você não está apaixonada por ele, ora? — Jane considerou. — Vai em frente, menina! Aproveita enquanto o cara está a fim de você, senão quem escapa é ele.
— Eu sei. Só que eu preferia continuar namorando no meu ritmo.
— Ritmo de lengalenga, Flávia? O cara vai se mandar. — Vilminha opinou.
— Eu sei. E é por isso que eu estou assustada. Não quero que ele vá embora, mas queria ter mais tempo... vocês sabem — expliquei.

— Pois fale isso para ele! — Rubia aconselhou.

— Já falei.

— Mas isso é uma coisa que os caras têm de respeitar, né não? — a Rúbia insistiu. — O namorado da minha prima esperou o tempo que ela quis.

— Jura, Rúbia? — perguntei interessada. — Você acredita que eu consigo este tempo que quero?

— Se ele gosta de você de verdade, vai esperar — Rúbia falou.

— Cada um tem o seu tempo e a sua hora. Portanto, seu namorado que se segure! — Vilminha foi objetiva.

— E o que você vai fazer, Flávia? Vai dar o cano? — Jane perguntou.

— Estou pensando... Mas se eu não aparecer, nunca mais ele me liga — considerei e fingi estar interessada no que o professor ia explicar.

Era mentira, claro. Não ouvi uma palavra do que o professor falou, nem mais o que as meninas aconselhavam enquanto saíamos da escola. Minha cabeça girava imaginando qual desculpa daria em casa, qual roupa vestiria, como seria nosso encontro.

Julinho era assim. Sumia por uns tempos, depois aparecia com suas urgências e imposições. Mas eu acatava, sempre. Tudo para não perdê-lo.

Inventei um pretexto para ir para casa por outro caminho, me livrando do assédio das meninas e ganhando tempo para armar uma estratégia. Como estaria muito bem arrumada para fazer um trabalho de escola, inventei que iria ao chá de aniversário da mãe da Jane, só para que ela tivesse a companhia de alguém da sua idade.

Minha mãe acreditou. Talvez não tenha entendido a minha demora na escolha da melhor roupa, nem a minha insegurança quanto à aparência. Meu coração dava saltos enquanto eu me dirigia para o carro que, de longe, vi estacionado na esquina. Enquanto caminhava, imaginava o que fazer para evitar que ele entrasse no primeiro motel que passássemos. O que eu poderia alegar? Mal estar? Menstruação? Falta de tesão?

De repente, tive o impulso de ligar para Vilminha e pedir para que ela ligasse dentro de meia hora para o meu celular e que não estranhasse as coisas que eu ia dizer.

— Você jura que me liga, Vilminha? Depois eu explico tudo. Só me faz este favor.

— Mas você não vai estar com o carinha? — ela estranhou.

— Não se preocupe com isso, Vilminha. Apenas prometa que vai ligar.

— O que eu ganho com isso? Vai me fazer confidências depois?

— Faço, Vilminha. Conto para você tudo o que aconteceu.
— Promete?
— Sim.
— Então está combinado.

Desliguei o aparelho, mais aliviada, respirei fundo e continuei caminhando. Tudo o que eu queria era encontrar uma maneira de fugir de uma situação mais ousada de um modo que Julinho não me considerasse infantil ou insegura. Se o nosso destino não fosse o motel, inventaria qualquer coisa para dizer a Vilminha, mas se fosse, teria como simular uma chamada de emergência. Assim, querendo aparentar um bom humor que já não existia, abri um enorme sorriso e entrei no seu carro:

— Você está linda, Flavinha — foi a primeira coisa que ouvi. — Só não vou beijar você aqui para evitar problemas, mas você não perde por esperar.

Julinho me pareceu tão satisfeito e animado com o nosso encontro que eu logo soube qual seria o nosso destino.

— Onde nós vamos hoje?
— Adivinha — ele falou, sorrindo e beliscando o meu queixo, carinhoso, enquanto dirigia e se afastava dali.
— Onde? — insisti.
— Ora, meu bem. Onde é que estamos querendo ir há tanto tempo e nunca conseguimos?
— É perto daqui? — perguntei, preocupada com o tempo que tinha combinado com Vilminha.
— Não tão perto, afinal, é bom termos cuidado. Mas tenha um pouquinho de paciência que logo estaremos matando nossa saudade. Você está com saudade, não está?
— Claro que sim — falei, enquanto passava a mão pela sua coxa, demonstrando segurança. — Eu não vejo a hora de ficar sozinha com você.

Esta era uma verdade e também uma mentira. Queria muito ficar com Julinho, mas sempre que a oportunidade surgia, inventava uma maneira para adiá-la, especialmente diante do entusiasmo que ele demonstrava. Era estranho, mas a maturidade de Julinho, ao invés de me tranquilizar, me deixava ainda mais insegura. E se eu falhasse? E se não correspondesse às suas expectativas? E se desperdiçasse a minha melhor chance de conquistá-lo para sempre?

— O que você está pensando, meu bem? Está tão calada, hoje. — Julinho interrompeu meus pensamentos.

— Nada importante, Julinho. Só estava distraída — menti.
— E desde quando você fica distraída quando está ao meu lado?
Eu apenas sorri para ele e, de relance, olhei para o relógio.
— Você está preocupada com alguma coisa. Tem algum compromisso?
— Claro que não, Julinho.
— Vamos namorar muito, hoje. Não era isso que você queria? Não pede sempre que eu dedique mais tempo a você?
— Claro, Julinho. Eu estou morrendo de saudade e você nem me beijou ainda.

E eu disse isso, lamentando sinceramente ter de me afastar dele pois, se meus planos dessem certo, eu perderia a chance de abraçá-lo e de beijá-lo durante a tarde inteira. Isso realmente eu queria. Tudo o que eu pretendia era namorar durante horas, num lugar onde certos limites não pudessem ser ultrapassados livremente. E pensava nisso quando meu celular tocou.

— Não atenda, Flavinha — Julinho pediu, sem tirar os olhos da via marginal por onde circulávamos já há meia hora.
— Por que não? — perguntei, pronta para atender a ligação.
— Hoje não. Hoje você é exclusivamente minha — ele alegou.
— Depois desta eu desligo, Julinho. Prometo — falei, atendendo em seguida.
— Sou eu. Pontualmente, como você pediu — ouvi Vilminha do outro lado da linha.
— Pode falar — simulei uma conversa.
— Fale você, Flávia. Só liguei porque você mandou, ora!
— Como? Onde? — fingi estar aflita. — Você pode repetir o endereço? Sim, sou irmã dela... Não, não deve ter ninguém em casa agora.
— Ficou maluca, Flávia? — Vilminha estranhava tudo o que eu dizia.
— Claro que vou. Assim que possível. Tem alguém com ela agora? Não, claro, eu entendo... precisa ser alguém da família...

Desliguei o telefone e passei as mãos pelos cabelos demonstrando aflição e, diante do ar de interrogação de Julinho, expliquei que a minha irmã tinha passado mal na escola e agora estava num pronto socorro. Precisavam que alguém da família fosse para lá o quanto antes.

— O quanto antes não precisa ser agora, precisa? — Julinho perguntou, decepcionado.

— Claro que sim, Julinho. Minha irmã está passando mal!

— E a sua mãe? É bem melhor que ela socorra a sua irmã, não acha?

— Claro. Se ela não tivesse saído.

— Ligue para ela — ele insistiu, fazendo de tudo para não estragar seus planos.

— Ela está sem o celular — menti, pois minha mãe nem tinha saído de casa.

— Eu não acredito, Flávia — Julinho inquietou-se. — Eu fiz tudo para ficar com você hoje e você vai me aprontar essa?

— Eu não tenho culpa, Julinho.

— Vá depois. Se ela está no pronto socorro, está sendo medicada. Fique comigo uma hora e depois eu vou com você até lá — ele sugeriu, me apavorando ainda mais.

— Você comigo, Julinho? Não pode fazer isso!

— Eu não preciso aparecer, mas levo você e vejo se posso ajudar — ele fazia tudo para não frustrar seus planos.

— Não. Fico com você um pouco, em algum lugar onde a gente possa namorar, depois você me leva de volta — sugeri.

— Como é que é, Flávia? — Julinho demonstrou sua impaciência. — Quer dizer que em qualquer outro lugar você pode ficar comigo? Confesse que o que você não quer é ir a um motel. Se for isso, dou meia volta daqui mesmo!

— Claro que não é isso, Julinho. Mas a gente pode namorar um pouquinho antes de se separar, não pode?

Não podia. Julinho argumentou, eu insisti. Eu argumentei, ele insistiu mas nossas falas iam sempre na direção oposta. Na verdade, eu estava louca para beijá-lo apaixonadamente como sempre, mas, ao invés disso, Julinho pegou o primeiro retorno. Perto de casa, estacionou, desligou o carro e olhando bem sério para mim, decidiu nosso destino:

— Olha, Flávia. Acho que hoje as coisas passaram dos limites. Eu fiz de tudo para estarmos juntos, como você sempre diz querer, mas você inventou uma maneira de impedir isso...

— Eu não inventei... — tentei me defender, em vão.

— Não minta, Flávia, que eu não sou moleque — ele me interrompeu e propôs: — Vamos fazer um trato.

— Trato?

— Eu estou vendo que você não está madura para o nosso relacionamento e não quero forçar você a nada. Então, vou dar um tempo para você decidir. Certo?

— Certo — concordei aliviada.

— Quando você estiver pronta, me procure. Mas só quando estiver segura de querer um relacionamento adulto.

— Como assim, Julinho? — perguntei, assustada. — Nós não vamos nos ver mais? Não podemos namorar enquanto eu decido?

— Não, Flávia. Assim eu não quero e é bom que você decida sozinha.

— Ah, não, Julinho. Enquanto isso a gente se vê. Eu morro de saudade de você — implorei.

— Nada disso. É tudo ou nada. E se você ficar na dúvida, é nada — ele foi decisivo. — Agora desça que eu preciso ir embora.

— Você não tinha a tarde inteira livre? — perguntei.

— Não para ficar parado na esquina, Flávia. Sinto muito. Além disso, você precisa socorrer a sua irmã.

— Julinho...

— Flávia, por favor, não complique mais as coisas. Meu dia já foi ruim o bastante.

— Você me liga?

— Não.

— Posso ligar para você?

— Só se for para dar a sua resposta.

— Me dá um beijo de despedida?

— Aqui não dá, Flávia. Eu queria levar você para um lugar melhor. Foi você que não quis. Agora vá socorrer a sua irmã, vai, menina.

E, assim, sem um beijo de despedida, saí do carro e Julinho partiu.

Não preciso dizer o quanto me arrependi por ter inventado aquela desculpa ridícula imaginando que Julinho acreditaria nela. Subestimei sua inteligência, agi como criança e recebi o troco. Ele de fato não me procurou mais e eu não conseguia tomar uma decisão. Sem decisão, não podia ligar. Sem ligar, ficava desesperada por notícias.

Eu sabia que depois de ter frustrado os planos de Julinho não poderia pretender qualquer outro encontro que não tivesse o destino já traçado por ele. Era ceder ou sumir.

Durante a semana inteira, Vilminha andou atrás de mim esperando a sua recompensa por ter ligado na hora combinada. Queria detalhes do tão esperado encontro, mas isso eu jamais contaria. Fugi do assunto, torcendo para que ela cansasse de fazer tantas perguntas.

Fingi que tudo estava bem e agi como se a minha vida fosse mesmo normal. Não era. Dentro de mim havia um furacão de dúvidas e medos, pois Julinho tinha colocado a minha decisão como condição para continuar ao meu lado.

Passei vários dias atormentada, pensando exclusivamente nisso. Ora parecia resolvida a ligar dizendo estar pronta, mas com medo de uma proposta para um encontro imediato, adiava a decisão. Vivia meu grande conflito fechada em meu quarto despejando em papéis todas as minhas dúvidas e desabafos para, em seguida, anunciar a decisão tomada: eu seria dele sim, quando e como ele quisesse. Minha vida e meu destino estavam em suas mãos e nada mais me importava.

E pensei de fato que nada mais me importasse ou me atingisse até cometer a imprudência de esquecer um destes papéis sobre a escrivaninha:

Julinho,

Não suporto mais essa distância. Não aguento esperar por notícias. Combine uma hora para ligar, mande um recado, pense em alguma maneira de a gente se falar. Não me julgue pelo nosso último encontro. Lembre dos momentos que vivemos juntos e das promessas que fizemos. Para ficar ao seu lado, farei o que você pedir. Está escrito nas estrelas, meu amor, que eu serei sua. Já sou sua. Não fuja de mim. Amo você mais do que a minha própria vida.

Flavinha

10

"Bloqueados pela árvore, os jovens retornaram em completo silêncio, enquanto o vento soprava em seus ouvidos: "o que é leve qualquer vento move". Mas eles nada sabiam, nem o sentido daquelas palavras, nem que encontrariam outros obstáculos pela frente. Um deles: a terrível madrasta que pela jovem esperava."

Quando voltei das aulas, encontrei minha mãe no meio da sala segurando o rascunho daquilo que eu supunha estritamente confidencial. Procurei não me abalar, afinal, mentir tinha se tornado minha especialidade. Com firmeza, enfrentei a pergunta:

— Posso saber o que significa isso, Flávia?

— Isso o quê?

— Esta carta. Não se faça de boba. O que significa esta carta, Flávia?

— Ah! Isso? — perguntei, indo na direção dela e fazendo menção de pegar o papel. — Não é uma carta.

— Não é uma carta — minha mãe repetiu, dando um passo para trás e tirando o papel do meu alcance. — Se não é uma carta, o que é? Um bilhete?

— Bem, é... ora, mamãe, coisa minha... — usei o recurso da ofendida — Que mania você tem de mexer nas minhas coisas! Odeio isso!

— Você ainda não me respondeu, Flávia.

— É só um rascunho, não está vendo?

— Rascunho de uma carta.

— Uma carta de mentira, uma invenção minha, bobagem...

— Não minta, Flávia.

Dei uma parada no ar, procurando inventar algo convincente:

— Não estou mentindo. Acho que tenho queda para ficção, mãe. Invento histórias malucas — menti, tentando lembrar se naquele papel aparecia o nome de Julinho.

— Como esta, por exemplo — mamãe falou, balançando a folha amarela.
— É. Como a história deste tal Júlio! — resolvi arriscar.
— E você, pelo jeito, contracena com ele, pois assinou a carta com seu nome.
— Já disse que é delírio, mãe. Esquece isso — falei, indo em direção ao quarto. — Não sei por que você cismou com um papel amassado.
— Cismei, Flávia, porque não sou tonta e estou somando dois mais dois.
— Como assim?
— Estou somando o seu comportamento estranho, seus compromissos com pessoas que não conheço, mais um comentário da dona Lola... Estou somando uma porção de coisas e não estou gostando do resultado.
— Não entendi.
— Entendeu sim, senhora.
— Que comentário da dona Lola?
— Ela viu você com um homem, dentro de um carro estacionado perto daqui. Quem é ele?
— Ele quem?
— Não se faça de desentendida, Flávia. Não percebe que não adianta mentir?
— Bem, se é quem eu estou pensando, deve ser o Jaime, um colega do curso de inglês — meu namorado fictício, agora colega, entrou em cena.
— De repente, você fez uma porção de amizades por lá. Quem é Jaime?
— Ai, mãe, que saco! Tudo por causa de uma história besta que eu coloquei no papel e de uma vizinha fofoqueira! Dá licença!
— Volte aqui, Flávia! Volte aqui!

Ignorei seu pedido e me tranquei no quarto, com ares de ofendida pela invasão de privacidade mas, na verdade, com o coração aos pulos. Mamãe devia estar muito ocupada, pois não pediu para que eu abrisse a porta e pareceu voltar à cozinha.

Eu sabia que a trégua seria curta, portanto tratei de ruminar uma história convincente para me defender assim que mamãe voltasse à tona. Lembrei, então, de um agravante: minha irmã tinha me visto conversando com Julinho perto da escola de inglês e ele, contornando meu embaraço, tinha se apresentado. Um encontro rápido, mas que Lígia não deixaria escapar especialmente se minha mãe falasse no bilhete. E ela, certamente, falaria.

Assim, como bem avisava meu horóscopo, naquele dia os astros entrariam em atrito em alguma parte do universo, provocando turbulências cujos efeitos constatei durante o almoço, já que Lígia tocou exatamente neste assunto.

— Mãe! Precisa ver que coleguinha gato a sua filha arrumou no curso de inglês!

— Qual das duas? — a mamãe perguntou, enquanto tirava a travessa de lasanha do forno.

— A Flávia.— Lígia explicou. — Ela conheceu um cara lindo e nem ia me apresentar. Se eu não aparecesse de supetão...

— Ela conheceu o Jaime, aquele meu colega do inglês que a dona Lola viu comigo — falei depressa, aproveitando para me defender.

— É Jaime o nome dele? — Lígia estranhou. — Eu tinha entendido outra coisa.

— Como assim, "outra coisa"? — a mamãe, que realmente não é tonta, desconfiou.

— Vamos a esta lasanha maravilhosa, que eu estou morrendo de fome — tentei desconversar.

— Juro que pensei ter ouvido outro nome — Lígia continuou. — Mas isso não faz a menor diferença, com qualquer nome aquele cara é o máximo! E que carro!

— Que carro? — a mamãe perguntou enquanto partia a lasanha e nos servia.

— Um conversível incrível! — a Lígia comentou eufórica, desta vez nem imaginando a confusão que estava criando para mim.

— Por acaso este homem não se chama Júlio? — a mamãe falou de repente e, com o susto que levei, um pedaço de mussarela parou na minha garganta.

— Você o conhece, mãe? — Lígia estranhou.

Eu tentei desviar o assunto mostrando que tinha engasgado, fazendo sinal para que me dessem água, tapas nas costas, mas nada adiantou. Enquanto Lígia me batia nas costas com uma das mãos e levava mais uma garfada de lasanha à boca, considerou:

— Engraçado. Acho que foi esse o nome que entendi, mas não pode ser Jaime Júlio, pode?

As duas olharam para mim ao mesmo tempo e eu, quase sem ar, fingi não estar entendendo nada. No entanto, a minha mãe, depressa, alinhavou tudo:

— De novo, estou somando dois mais dois, dona Flávia, e tenho a impressão de que aquele seu personagem de ficção tem andado pelo bairro.

Eu olhei para ela por cima do prato, do copo, do horizonte, e ela indicou, com os dedos, os passos do seu raciocínio:

— Desta vez estou somando: o carro conversível da dona Lola com este que a Lígia viu; mais um nome escrito na carta com este que a Lígia ouviu; uma desculpa esfarrapada de ontem com esta de hoje... Você não tem nada a dizer, querida?

— Nossa, mãe! Senti maldade neste seu "querida" — a Lígia, adorou. — Será que alguém andou aprontando e eu nem fiquei sabendo?

A mamãe ignorou o comentário da Lígia e, me encarando, perguntou:

— Quem é esse homem, afinal?

E diante do meu silêncio, sentenciou a minha rendição:

— Nós vamos ter uma conversa muito séria logo mais, dona Flávia.

11

> "Diante da madrasta, a jovem teve tanto medo que não protestou quando ela lhe mandou ao rio dos crocodilos lavar o seu pilão pesado, usado para descascar arroz. Trêmula, a jovem chorou, pois sabia que o rio era profundo e caudaloso, cheio de cobras e crocodilos."

Quase uma tortura chinesa. Logo depois do almoço, minha mãe entrou no meu quarto, trancou a porta e tirou do bolso aquele maldito papel amarelo, todo amassado, minha confissão involuntária.

— Eu vou começar do começo e voltar àquela minha pergunta, Flávia. Será que agora eu posso saber o que significa isso? — disse.

— Isso o quê, mãe? Eu já não falei? — insisti, sentindo uma fisgada no estômago.

— Quem é Julinho e o que significa isso — ela frisou, agora lendo o papel: — "Serei sua, já sou sua...". Dá para responder?

Minha voz falseou, tremeu, me traiu:

— Não gosto que mexam nas minhas coisas, mãe.

— Não mexi nas suas coisas, isso estava na escrivaninha e me chamou atenção.

— Se eu disser que estou escrevendo uma história de amor, você acredita?

— Você está?

— (...)

— Quem é esse Julinho de quem você não suporta mais viver longe, Flávia?

— Mãe, acredite, é bobagem. Eu só estava escrevendo umas coisas...

— Eu quero a verdade, Flávia: O QUE SIGNIFICA ISSO? — desta vez seu tom de voz foi alto, firme e forte.

Sentei na cama, abaixei a cabeça e fui contando tudo, quase tudo, bem devagar:

— Lembra que um dia você me achou estranha e perguntou se eu estava apaixonada? Então, mãe, eu estou. Estou tão apaixonada que não sei mais o que faço. Ele é um cara legal, mãe, é muito legal, só que ...

— ... é casado.

— Não, só que ele é mais velho e...

— ... é casado.

— Não, quer dizer, acho que não... claro que não...

— Como, acha, Flávia? Ou é ou não é. E algo me diz que esse tal de Julinho é. Sua irmã falou que ele é bem mais velho que você.

— É mais velho, mas é o cara mais legal que eu já conheci...

— Então é por isso que você desaparece e tem tantos programas diferentes da sua irmã. Agora estou entendendo. Você está sempre com este sujeito!

— Mãe. Não é este sujeito. É o Julinho. A gente está namorando... firme...

— Desde quando sair escondido é namorar firme? Você não tem vergonha na cara, Flávia? Nem sabe se o homem é casado!

— Ele não é, mãe! Que coisa!

Minha mãe se agitou pelo quarto e, depois de me olhar com um ar muito sério, declarou:

— Problemas, só problemas! Primeiro seu pai me abandona, agora você se envolve com um homem mais velho... O que mais falta acontecer? Ainda bem que a Lígia está nos trilhos.

— A Lígia nunca vai sair dos trilhos, mãe. Por isso mesmo namora aquele trem.

— O que você tem contra o Rubens, Flávia? É um rapaz correto, de boa família...

— Ele é tudo o que eu desaprovo e que você sonha para as suas filhas.

— Você prefere homens casados — mamãe falou, irônica.

— Já falei que o Julinho não é casado, mãe! E você vai gostar dele, tenho certeza.

— Nem quero conhecer o cafajeste, Flávia. Você que não me invente!

— Mas, mãe. Ele quer conversar com você e com o papai...

— E você, tonta, acreditou. Por que, então, ele não conversou até agora?

Não respondi. Eu tinha as minhas teorias: era por ser tudo tão inesperado e sério, por causa da minha idade, da falta de tempo... Enfim, eu me agarrava a uma porção de motivos nos quais só mesmo eu podia acreditar, não ela. Só eu conhecia o Julinho e sabia que ele não me decepcionaria.

Depois de um curto e pesado silêncio, minha mãe começou a falar praticamente sozinha, sem esperar respostas ou comentários meus.

— Eu devo isso ao seu pai. Depois de tantos anos, ele me largou e está lá no bem-bom com mulher e filho, enquanto eu fico aqui criando você e sua irmã, sozinha, sempre sozinha. Se ele não tivesse ido embora, isso não estaria acontecendo. Você está querendo é desafiar seu pai, vingar-se dele por ele ter te abandonado.

Eu queria dizer a ela que não era nada disso, que nem tinha me passado pela cabeça qualquer tipo de vingança, que eu tinha apenas me apaixonado, só isso. Mas não falei nada. Pensava apenas em fugir daquela situação, fugir do mundo. Eu tinha agora a minha própria mãe contra mim e, muito em breve, teria minha irmã, meu pai e quem mais soubesse dessa história que só eu aprovava.

De repente, ela interrompeu o seu discurso e saltou com a pergunta direta, esta sim, exigindo uma resposta clara:

— Você foi para a cama com este homem?
— Hã?
— O que significa esse "serei sua, sou sua", Flávia? Você foi para a cama com ele?
— Não, mãe.
— Você jura?
— Mais ou menos.
— Mais ou menos jura?
— Mais ou menos fui.
— Ninguém vai mais ou menos para a cama, Flávia! Você foi ou não foi?
— Quase, mãe. Mas ainda não aconteceu nada.
— Como, ainda não aconteceu nada? E o que significa esse "quase", Flávia? Você quer me deixar maluca?
— Verdade, mãe.
— Flávia, ir para a cama com um homem não é exatamente não acontecer nada.
— Não é isso, mãe. É que o Julinho...

— Julinho... Quem é esse homem, afinal, Flávia? De onde saiu?
— Ele é tio da Solange.
— Tio da Solange! — ela repetiu, escandalizada. — Quantos anos ele tem?
— Trinta.
— Trinta anos... — ela repetia tudo o que eu dizia — Onde você conheceu esse sujeito?
— No colégio, na festa do colégio.
— Na festa do colégio... Tio de uma amiga, trinta anos, na festa do colégio.
— O que tem isso de errado, mãe?
— Tem tudo de errado, Flávia! Quem pode imaginar que, numa festa do colégio, a filha vá conhecer o tio de uma amiga e se apaixonar por ele? Vai ver até que eu fui nesta festa, cruzei com ele e ele riu da minha cara: a estúpida!
— Não fala assim, mãe. O Julinho é um doce de pessoa.
— Pois eu vou ligar para o seu pai e contar sobre este doce de pessoa.
— Vai contar pra ele?
— Você tem idéia melhor? Espera que eu segure essa bomba sozinha?
— Que bomba, mãe? Deixa o Julinho vir falar com você primeiro. Deixa o papai ficar sabendo só depois de tudo arranjado, vai...
— Que tudo arranjado, Flávia? Você acredita mesmo que este homem vai "arranjar" alguma coisa? Ele já se arranjou muito bem. Eu vou é jogar esta bomba no colo do seu pai e vai ser agora.
— Não faça isso, mãe — pedi, vendo-a pegar o telefone. — Assim, por telefone, o papai não vai entender nada...
— Ah é? Então empatamos, pois pessoalmente eu também não estou entendendo. Chamo seu pai e em seguida marco uma consulta para você.
— Consulta?
— Claro, você vai ao ginecologista comigo, Flávia!
— Mãe! Que bobagem? Médico, pra quê?
— Você ainda pergunta, Flávia?

E foi assim que passei a ser, definitivamente, o centro das atenções lá em casa. Ouvi a minha mãe ligando para o meu pai, exigindo a sua presença o mais rápido possível. Em seguida, ligou para o seu ginecologista e marcou uma consulta mesmo eu garantindo que não iria nem amarrada.

Depois, quando chegou a Lígia, mamãe desfiou o rosário inteiro com ela que se mostrou chocadíssima com o que chamou de meu "caso".

Sozinha no meu quarto eu ouvia trechos de conversas que me transformavam, em poucos minutos, numa garota completamente perdida. Mamãe dizia: "A culpa não é minha. Ela não é mais criança e este sujeito só pode ser casado. E o seu pai, o eterno ausente, deu o exemplo. Como vai ter moral para condenar a filha? Claro, ela imitou o pai e correu atrás de uma aventura. Ele não está feliz? Ela quer ser feliz também. Ai se fosse eu..."

Neste clima mamãe passou o resto da noite e todo o dia seguinte. Sentia-se a última das mulheres e agia como se eu tivesse me aliado ao meu pai e declarado guerra. Para ela, eu agia como ele. Mesmo que eu tentasse dizer que não tinha nada a ver uma coisa com a outra, que jamais quis imitar a atitude dele, chamar atenção dando uma de rebelde ou usar o Julinho como vingança, ela insistia que eu tinha me espelhado em seu modelo: a busca de felicidade doesse a quem doesse.

Espelho... Como se eu tivesse planejado encontrar o Julinho só para mostrar que podia ser tão egoísta quanto o meu pai.

Minha mãe sentia-se sozinha e derrotada. Enquanto o meu pai, visivelmente remoçado, recomeçava a vida cheio de perspectivas, ela se via abandonada pelo marido, pelas filhas, pela família, pelas próprias amigas. Sem aliado algum.

Segundo mamãe, Julinho era a fera, eu a bela. Ele o vilão, eu a vítima. Ele o experiente, eu a ingênua. Mas não era assim que eu via as coisas. Simplesmente eu tinha conhecido o homem da minha vida, não era vítima inocente na mão de um explorador. Queria o Julinho, tanto quanto ele me queria. Nossa transa só não tinha acontecido por causa de crises de consciência minhas, talvez por influência de minha própria mãe que sempre fora muito dura com relação a sexo e aos homens, especialmente depois que papai saiu de casa.

No meio de tamanha crise, me apeguei à crença de que Julinho tinha se afastado, assustado com a intensidade de nosso envolvimento. Tudo tinha fugido ao controle e assumido um rumo muito diferente do imaginado. Nós dois precisávamos de um tempo e eu não apenas lhe daria este tempo como também esperaria por ele, dissessem o que dissessem a respeito disso.

12

"Antes de sair para o rio, a jovem passou pela cozinha — aquele lugar quente onde tudo acontecia — e avistou aquele que, um dia, fora rei. Ele, pensativo, nem a viu. Por duas vezes ela esteve no limiar da porta, mas estancou e não entrou. Dentro dela, uma voz suplicava baixinho: 'escolha-me, escolha-me'."

No dia seguinte, ao voltar do colégio, entrei em casa e vi meu pai sentado na cozinha, espremido no canto da parede, como quem aguarda a execução. Minha mãe já devia ter contado a minha história ali mesmo, naquele nosso local de refeições e tempestades, e declarado ser ele o culpado por eu ter me apaixonado. Ele parecia acuado, mas calmo. E esta cena de a mamãe falar e falar enquanto o meu pai escutava calado era minha velha conhecida. Nada de novo no ar.

De novo mesmo eu esperava apenas sua reação a meu favor, pelo fato de também ele ter se rebelado contra tudo e todos por causa de um grande amor. Mas, dificilmente ele poria mais lenha na fogueira da disputa que existia entre ele e minha mãe, desde a separação, para saber quem era mais amigo, mais cabeça aberta, mão aberta, coerente, presente, enfim, o melhor dos dois.

Ninguém sabia exatamente que prêmio receberia o vencedor, embora o amor das filhas fosse disputado a peso de ouro. No entanto, na discussão de agora eu só queria que mamãe entendesse que o fato de o meu pai ter decidido partir, — por mais que na época isso tivesse me abalado -, não o tornava responsável pelo que eu sentia por Julinho. Essa tese era exclusivamente dela: filha, carente e abandonada, busca em outro homem a figura paterna.

Muita discussão rolou entre os dois, como se ambos fossem especialistas no assunto. No meio de fogos cruzados, no entanto, eu já não me defendia. Sentia um certo alívio por tudo ter vindo à tona e eu não precisar mais fingir e, enquanto os assistia discutindo, percebi que eu não via mais sentido em suas regras e imposições. Nossas verdades não eram mais as mesmas.

Minha meta era reencontrar Julinho. Seria ele, eu e mais ninguém. Tudo o que eu queria era ficar ao seu lado, aconchegada e feliz. Estar nos seus braços, como já tinha estado tantas vezes, certa de que agora seria ainda melhor, pois não sentia mais culpa. As circunstâncias me ajudaram a tomar a decisão que parecia tão difícil e a ter uma certeza: meus pais nunca mais definiriam meu destino.

Deixei, então, que eles falassem e se ofendessem como se nada daquilo tivesse a ver comigo. Minha cabeça estava longe. Só entrei na conversa, quando meu pai comentou:

— Acho que vou procurar este rapaz.

— Você falaria com ele, pai? Concordaria com nosso namoro? — perguntei, cheia de esperança.

— Não pensei em procurá-lo por isso, filha. Mas para saber quem é ele, mostrar que você tem um pai que se preocupa e a quem ele deve satisfações.

— Você também não acredita que ele me ama, não é mesmo?

— Estas coisas são complicadas, Flávia.

— Mas você também se apaixonou por uma moça. — arrisquei comparar.

— É diferente — meu pai apressou-se em dizer. — Completamente diferente.

— Não é, não — minha mãe interveio.

— Claro que é diferente, Selma. A minha diferença de idade com a Priscila é menor e ela já era adulta quando a conheci.

— Quinze anos de diferença, pai. Tudo igual.

— Tudo bem, quinze anos, mas eu com 45 e ela com 30, e isso faz diferença.

— Vinte e nove — minha mãe corrigiu.

— Ela já tinha completado 30 — meu pai insistiu.

— Vinte e nove — minha mãe repetiu.

— Este detalhe não importa — meu pai retrucou. — O fato é que a nossa situação era outra. Eu vinha de um casamento desgastado, há tempos eu e a sua mãe falávamos em separação.

— Mentira... — minha mãe contestou.

— Este rapaz deve ser casado, ter filhos... Não pode dar certo — meu pai continuou.

— Mesmo se ele fosse casado, daria certo comigo — falei.

— Não acredito, filha. Você está em outro estágio da vida e a convivência acabaria tornando isso muito evidente.

— Têm casos assim, pai.

— O "caso" do seu pai, por exemplo — os apartes de minha mãe alfinetavam.

— Não sei por que ninguém acredita que ele me ama — insisti. — O seu amor foi verdadeiro, o da Priscila também, por que o meu não pode ser?

— Eu não disse isso — falou meu pai.

— Eu disse — falou minha mãe.

— Mas eu não disse — meu pai repetiu, olhando sério para ela. — Pode ser que ele goste de você, mas foi sensato e decidiu se afastar. É o que costuma acontecer.

— Engraçado... Não aconteceu com você! — minha mãe provocou outra vez.

— Selma, pare de ser sarcástica! De que adianta isso agora? — meu pai reclamou.

— Mas o Julinho se afastou de mim justamente por me respeitar, para eu ter certeza que quero ficar com ele. Ele me ama, pai, e está provando isso.

— Como você pode ter certeza, Flávia? E se este homem for casado e optar pelo casamento? — meu pai não desistia.

— Por quê? Você era casado e optou pela amante! — gritei.

— Não fale da Priscila assim, Flávia! — meu pai se exaltou.

— Não falar assim por quê? Ela era a sua amante mesmo! — minha mãe não se conteve e falou ainda mais alto.

— Mas o nosso casamento tinha acabado, Selma! — meu pai se dirigiu a ela.

— Para a mamãe não tinha — tentei defendê-la. — E ela sofreu. Nós três sofremos muito.

— Eu sei. Não pense que foi difícil apenas para vocês. Eu também sofri.

— Muito... Até remoçou com tanto sofrimento! — lá vinha a mamãe de novo.

— Não é o que parece, pai. Você construiu uma vida novinha em folha e a mamãe não.

— Vai ver que eu estava pronto para isso e a sua mãe ainda não, mas nada impede que ela também refaça a sua vida um dia.
— Ela não quer isso, pai. Ela quer você. Vive reclamando.
— Sua mãe reclama porque está magoada, mas isso vai passar, Flávia. A sua mágoa também vai passar e um dia você ainda vai achar graça dessa sua história.
— Pois da minha não acho graça até hoje — era a mamãe, outra vez.
— Mãe, para com isso! — reclamei. — Você devia me defender, já que estamos vivendo uma situação tão parecida!
— A situação de vocês não é parecida, Flávia — meu pai corrigiu. — Se este homem for casado, como tudo indica, você é a outra na relação. Para a sua mãe, dar razão a você é o mesmo que dar razão à Priscila.
— E isso eu não dou mesmo! — mamãe reforçou.
— Mas por que vocês têm tanta certeza que o Julinho é casado, se nem o conhecem? — perguntei.
— Ora, Flávia, qual outro "problema" o levaria a se hospedar na casa da irmã? — meu pai me instigou.
— Não sei, ora! Só sei que ele não é casado e eu não sou a outra! E a mamãe tinha de estar a meu favor como eu fiquei a favor dela. E você tinha de me compreender, pois já passou por isso! Vocês estão sendo contraditórios! — explodi.
— Eu não estou sendo contraditório, Flávia — meu pai respondeu, irritado. — O que eu e sua mãe passamos não tem nada a ver com o que você está vivendo agora. Você é uma criança que se iludiu com um homem mais velho, só isso.
— Já sei: meu amor é uma ilusão, eu sou criança e ele um cafajeste — resumi a visão deles.
— Ele pode ser ou não um cafajeste — falou meu pai.— Eu prefiro acreditar que não, afinal, por experiência própria tenho de dar a ele um voto de confiança.
— Ai, que lindo! Ele vai dar um voto de confiança para o colega — mamãe nem disfarçou a ironia.
— Então fala com ele, pai, por favor — pedi.
— Não sei, filha, estou confuso. Preciso pensar sobre tudo isso — meu pai disse, sentando outra vez ao lado da parede e passando as mãos nos cabelos, parecendo vencido. Mas a minha mãe emendou:

— E tem mais uma coisa, Leandro, fale com a sua filha, pois ela não quer ir ao ginecologista de jeito nenhum!

Meu pai simplesmente olhou para mim, como se perguntasse o por quê.

— Nem me olhe com esta cara, pai, porque eu não vou nem amarrada. Já falei que não aconteceu nada. Dá para vocês dois entenderem? NÃO ACONTECEU NADA! — gritei e saí da cozinha.

Entrei no meu quarto pronta para esmurrar as paredes, de tanta raiva. Depois, a raiva foi dando lugar a uma tristeza profunda. Ninguém acreditava no meu amor, nem mesmo Julinho, que vivia fazendo imposições e pedindo provas, sem respeitar meus motivos e meus medos. Eu estava sozinha, sem ter ninguém a quem recorrer. Achando injusto enfrentar tudo aquilo sozinha, decidi escrever para Julinho enquanto ele ainda morava com a Salete. Caso eu demorasse muito a fazer isso, corria o risco de perdê-lo de vista para sempre.

Não me dei muito tempo para pensar e, quem sabe, desistir. Peguei papel e caneta e escrevi até preencher várias folhas de papel. Falei sobre o meu amor, sobre o quanto queria viver ao lado dele, sobre a dor enorme que o seu desprezo me causava, sobre o vazio que sentia com a sua ausência, sobre a descoberta dos meus pais e a incompreensão que me cercava.

Tudo que escrevia parecia tão triste quanto bonito. Eu era uma princesa enclausurada na torre de um castelo, no alto de uma colina, cercada por guardas impiedosos e Julinho, meu príncipe, se embrenhava pela floresta à minha procura pressentindo os perigos que eu corria.

Quando terminei, reli tudo e chorei com muita pena de mim mesma. Era a história de amor mais triste que eu conhecia.

Comovida com meu próprio sofrimento, apesar de ter a carta pronta, fiquei com ela durante dias. Queria estar certa de não ter mais nada a acrescentar, ciente de que teria uma chance única. Com sorte, Julinho abriria aquela carta, com mais sorte, talvez ele a lesse até o fim, mas isso não aconteceria uma segunda vez.

Enquanto os dias passavam, as coisas lá em casa se acalmavam sem que, no entanto, minha mãe desistisse de repetir seus intermináveis discursos e censuras, inconformada com a minha paixão. Ela me questionava e me fazia jurar e jurar e jurar outra vez que eu me afastaria de Julinho.

E eu prometia o que cumprir não pretendia, como ficava muito claro em minha carta. Mas se mandar aquela carta era cometer um desatino, como diria mais tarde minha mãe, não mandá-la também teria um alto preço, pois foi este envelope, interceptado por Lígia quando trombamos no elevador, que revelou a todos a minha determinação e abalou ainda mais o meu solitário e triste mundo.

Parte II

Certas tardes, a gente devia escolher um lugar tranquilo e simplesmente desaparecer. Sair de cena, fugir de tormentos, cobranças, em busca de horas serenas.

Se eu soubesse disso, teria trancado a porta do meu quarto. Mas como eu não sabia, apenas encostei-a e deitei no escuro, procurando pensar e pensar na vida e em uma maneira segura de escapar de tantas pressões.

Como eu não sabia, acabei adormecendo, sem imaginar que meu pai chegaria em casa procurando ser amigo. Tudo o que eu queria era o silêncio, mas acordei com o ruído da porta se abrindo e da sua voz perguntando:

— Posso entrar?

Levei um tempo para sair do torpor do sono e, enquanto me espreguiçava e erguia o corpo na cama, fiz questão de demonstrar meu desagrado:

— O que você está fazendo aqui a esta hora, pai?

Meu pai entendeu isso como um convite para entrar e entrou. Não gostei, porque sabia que ele faria perguntas e minhas idéias ainda não estavam claras. Até adormecer, eu simplesmente tinha divagado sobre os últimos acontecimentos, fazendo, como sempre, um caminho circular que jamais me levava a parte alguma.

— O que você está fazendo na cama a esta hora, filha? — meu pai inverteu a pergunta enquanto sentava na poltrona ao lado, deixando claro que teríamos uma longa conversa.

— Eu estava pensando e acabei dormindo. Por acaso você veio me fazer um sermão?

— Será preciso?

— Não e também não acho que você precisava ter vindo até aqui. Não aconteceu nada.

— Sua mãe não pensa assim.

— Foi ela que te chamou aqui? A mamãe não entende nada mesmo — reclamei.

— O que você acha que ela não entende, Flávia?

— Os meus sentimentos. Faz muito barulho por nada.

— Você chama de "nada" a sua insistência com este rapaz?

Não respondi. E, ao ficar sem resposta, meu pai resolveu refrescar as minhas idéias.

— Você diria mesmo que alguém pode considerar como "nada" o seu envolvimento com o Júlio?

— A mamãe ainda diz "aquele homem", como se ele nem nome tivesse.

— Não fuja da minha pergunta, Flávia.

Silenciei outra vez.

— Você voltou a se encontrar com ele? — meu pai insistiu.

— Não.

— E, aí. Vai fazer terapia como a sua mãe pediu?

— Não. Não sou neurótica como ela quer que eu acredite.

— Você fala como se isto a ofendesse, mas atitudes neuróticas são comuns, Flávia. Até onde eu sei, neurose é apenas um desequilíbrio de comportamento.

— Pai, o meu único mal é estar apaixonada e vocês não me deixarem lutar por isso.

— Lutar por isso significa mendigar para que alguém lhe dê atenção?

— O Julinho me ama. Não tem culpa se aquela mulher está fazendo chantagem.

— Quem disse que ela está fazendo chantagem? Quem garante a você que ele não está com a esposa por opção? Se quisesse, procuraria por você espontaneamente.

Fiquei em silêncio de novo pois, no fundo, eu sabia que se Julinho quisesse, não me esperaria chamar. Sabia onde me encontrar. Antes, quando queria, tomava a iniciativa. Agora, ignorava todos os meus apelos. Queria que eu o esquecesse.

— Sua mãe também fez de tudo para que eu voltasse, Flávia. Você não acha que, se eu quisesse, teria vindo sozinho? — meu pai comparava.

— Você estava apaixonado, como eu.

— Eu fiz uma escolha, Flávia. Fiquei com quem escolhi, assim como o Júlio fez a opção dele. E esta opção não inclui você.

— Ele volta, pai. Só está confuso por causa da filha. Ele disse que me amava e se quisesse viver com a esposa não teria saído de casa.

— Flávia, acorda! — meu pai segurou meu queixo, forçando-me a encará-lo. — Pare de fingir que não entende. Ele não quer mais você! Desista, filha. Você vai acabar doente se insistir em fugir da realidade.

— Que realidade, pai? — falei, enfrentando-o. — Que realidade? A que diz que, como a minha mãe, eu sou infeliz e sozinha? Que fui desprezada por você e pelo Julinho? Que ele me enganou porque eu não tinha um pai que se importasse? É isso que eu tenho de aceitar?

Mal pude terminar de falar, pois as lágrimas embargaram a minha voz e trouxeram todas as minhas lembranças de volta, não restando a meu pai outra alternativa senão afagar meus cabelos e esperar que eu me acalmasse.

Contar ao meu pai ao menos parte da minha experiência me faria bem. Relembrar apertava meu peito, mas também causava um certo alívio. Mas isto eu descobriria mais tarde. Como também aprenderia que com o passar do tempo, tudo assume proporção diferente. Naquele momento, eu só me sentia triste e cansada, como se meses fossem anos e eu precisasse, de repente, estar madura.

Por isso, seria bom falar. Mas a conversa daquela tarde não aconteceria, pois havia sempre a presença de uma irmã em meu caminho. Sempre ela, a mesma Lígia, repentina, invadiu o meu momento, a minha fala, a minha história, e nos interrompeu com a pergunta:

— Vai demorar muito, pai? Preciso falar com você.

— Espere, Lígia. Nós estamos conversando — meu pai avisou, como se fosse preciso.

— O que eu tenho para falar é importante — ela insistiu.

— O que estamos conversando também, filha. Espere um pouco — repetiu ele.

— O meu assunto é mais importante e... — Lígia continuou falando com a cabeça enfiada no vão da porta, mas antes que ela terminasse a frase eu pulei da cama e, escancarando a porta, avancei sobre ela, derrubando-a no corredor e me atirando por cima, como há tempos desejava fazer.

— CALA A BOCA, LÍGIA! O seu assunto não pode ser mais importante do que a minha vida, entendeu? Já não chega o que fez para me atormentar? Já não chega? O que você quer mais? — gritei, descontrolada, agarrando-a pelos cabelos cheia de raiva e ressentimento por todas as suas atitudes somadas e que passavam, agora, num acelerado *flash back* em minha cabeça.

1

> "Na esperança de rever o príncipe, a jovem lavou os cabelos, secou-os ao sol e os enfeitou com flores. Ele logo apareceu, majestoso em seu cavalo, e os dois se admiraram mutuamente. Uma promessa pairava no ar e os inquietava. A jovem, ansiosa, perguntou com o olhar: 'o que vai acontecer agora?' Mas o príncipe, sem entender o que a afligia, simplesmente balançou a cabeça."

Desde o dia em que Julinho se afastou exigindo uma decisão definitiva sobre o rumo do nosso relacionamento, mergulhei num enorme conflito e tudo à minha volta ficou abalado. Eu mal conseguia dormir de tanto pensar. Um lado meu parecia absolutamente seguro: eu queria Julinho sob quaisquer condições e circunstâncias. Um outro lado, porém, parecia não achar muito justo que eu não pudesse viver sob o ritmo das minhas convicções, mesmo que eu não soubesse exatamente que convicções eram estas.

Tentando ordenar minhas idéias, eu me isolei e escrevi muito, pondo em palavras tudo o que me inquietava. Desta vez, com cuidado redobrado, pois desabafos assim já tinham se transformado em pistas e revelado a existência de Julinho, dando início à uma guerrilha. Guerrilha que cedo decretou: nenhum argumento meu sensibilizaria minha família. Por isso, resolvi mudar de tática. Fingi entregar os pontos e garanti a todos que meu envolvimento terminava exatamente ali.

Mudei. A partir de então, me transformei numa filha pacata e caseira, que assumia seus erros e abdicava do seu príncipe. Agi como se eles tivessem vencido e me convencido de todos os seus argumentos: que não valia a pena uma menina da minha idade namorar um homem mais velho e experiente; que eu devia conviver com colegas da minha idade; que o meu amor era uma ilusão. Só assim me dariam crédito. E devo ter mentido bem, pois, aos poucos, meu pai voltou a atenção para a sua nova família e minha mãe ocupou-se com outros assuntos, relaxando a vigilância. Só a Lígia, talvez para continuar com a fama de filha sensata, continuou de olho grudado em mim, representando um perigo iminente.

Mais cautelosa, voltei à ação. Não fazer isso era o mesmo que dar razão a quem me condenava. Mais, era deixar que o meu amor fosse embora para sempre. Então, convencida de que Julinho era a única coisa que realmente me importava, fiz o que ele havia sugerido: liguei para marcar o tão esperado e adiado encontro.

Não me sentia completamente vitoriosa, pois tinha imaginado que Julinho, cheio de saudade e preocupado comigo, fosse me procurar e espontaneamente me oferecer o tempo que eu quisesse para decidir. No entanto, nada disso aconteceu. Então, cedi e liguei. E Julinho atendeu prontamente. Era chegada a minha grande chance e eu precisava aproveitar cada segundo, cada palavra para convencê-lo de que tinha me transformado na mulher que ele sonhava.

A importância deste momento traduziu-se em descargas de adrenalina que desequilibraram todo o meu organismo. Suei, tremi, tive cólicas intestinais, insônia. Gastei horas planejando o nosso encontro em seus mínimos detalhes, desde o instante em que eu entraria em seu carro, até o meu regresso, realizada e feliz.

A espera pareceu interminável. Girei a noite toda na cama, antecipando, mentalmente, as cenas que eu viveria. De manhã, abatida e com olheiras fundas, tomei o meu café feito um autômato e comecei a me preparar para aquele que seria o momento mais feliz da minha vida.

Comecei examinando meu corpo nu diante do espelho e, insatisfeita com minha aparência, ensaiei algumas poses e ângulos favoráveis, que me fizessem parecer mais alta, mais magra, mais velha, mais segura. Tinha muito o que memorizar.

Depois, lavei os cabelos, fiz unhas, depilação, limpeza de pele, gastando as horas num ritual que me levou à banheira repleta de sais de banho, onde tentei relaxar enquanto memorizava gestos e sorrisos sedutores.

Estava chegando a hora. Indecisa diante do armário, escolhi um vestido preto de tecido macio que colava no corpo e me fazia parecer mais velha. As meias eram escuras e o sapato de saltos muito altos. Carreguei na maquiagem, soltei os cabelos e me observei, atenta, constatando satisfeita ter envelhecido, no mínimo, dez anos.

Restava sair de casa em plena tarde, com aquela roupa, sem chamar atenção, mas a noite de insônia tinha me dado tempo para arquitetar minha estratégia. O que eu não tinha previsto e nem sabia controlar era o frio na barriga que vinha chegando e o suor gelado que ameaçava destruir todo o meu meticuloso trabalho.

Depois de colocar uma muda de roupa simples dentro de uma mochila, conhecendo a rotina da mamãe, esperei que ela entrasse no banho e gritei:

— Mãe, estou indo estudar com as meninas. Tchau!

— Mas você ficou trancada no quarto estudando até agora, já não chega?

— Esta matéria é muito difícil, mãe. Melhor estudarmos juntas.

— Na casa de quem?

Mas esta resposta eu não tinha. Aproveitei o ruído do chuveiro, fingi ter dito alguma coisa que ela certamente não entenderia e saí batendo a porta.

Fui me equilibrando no salto fino e trançando as pernas até o apartamento da Jane que, ao me ver, exclamou:

— Nossa, Flávia! Que máximo! Quem te produziu desse jeito, a Lígia?

— Que Lígia, que nada, Jane. Pois eu não te falei que estou indo escondida? Lá em casa ninguém sabe. Vê se você fica firme.

— Mas e quando as fotos ficarem prontas? O que você vai dizer para eles?

— Conto a verdade. Se eu falar agora eles podem tentar me impedir.

— Eles não querem que você tente a carreira de modelo? — Jane perguntou, ingênua.

— É. Não querem. E eu não estou querendo provocar ninguém por enquanto.

— Provocar a Lígia?

— Jane, depois a gente conversa, tá? Eu agora estou atrasada. Guarda isto aqui pra eu poder me trocar na volta — falei, deixando a mochila com ela.

— Pensei que você fosse se trocar lá no estúdio. Não são eles também que fazem a maquiagem?

— Se eu chegar pronta, volto mais cedo, Jane. Você acha que vai dar para eu me trocar aqui na volta?

— Vai. Todos devem chegar tarde, hoje.

— Então tá. Me deseja boa sorte.

— Quer que eu vá com você? Eu ia adorar assistir a uma sessão de fotos.

— A gente devia ter pensado nisso antes, Jane. Agora não dá mais tempo. Tchau.

Saí voando, antes que a Jane insistisse nesta idéia ou fizesse mais perguntas. Ela tinha mesmo acreditado em toda a trama que inventei para justificar o meu misterioso passeio. A inexistência de fotos era problema a ser resolvido depois. Desci pela escada perseguida por uma porção de câmeras e pelo olhar intrigado do porteiro que só confirmou o quanto eu estava chamando atenção. Puro devaneio acreditar que sairia sem ser notada. Mas era preciso correr e corri. Um quarteirão. Com aqueles saltos era tarefa quase impossível. Olhei o relógio: quatro horas. Ele já devia estar me esperando. Perto do carro, parei, respirei fundo, ensaiei um andar mais elegante. A partir deste momento, tudo tinha de ser impecável. Era a hora e a vez da mulher Flávia nascer e viver.

sonia salerno forjaz

2

"A jovem carregava consigo o velho pilão que sua madrasta lhe entregara para a difícil tarefa. Embrenhando-se na floresta, chegou ao rio de onde viu surgir um crocodilo horrendo que a encarou com seus grandes olhos vermelhos e lhe perguntou: 'Qual é o seu nome e para onde você vai?'."

Julinho me esperava dentro do carro que, mesmo com a capota levantada, impunha sua presença na avenida. Quando me viu, olhou-me sério e protestou:

— Você demorou!

— Foi complicado sair sem ser notada.

— Sem ser notada? Com esta roupa você só chama atenção.

— Você quer dizer que gostou? — perguntei, confundindo o comentário com um elogio.

— Estou dizendo que vestida assim, a esta hora, você chama atenção. Podia estar mais discreta.

— Eu não pensei nisso. Só quis me arrumar para ficar com você — retruquei, sabendo qual o objetivo daquela produção toda.

Quase fiquei aborrecida mas, adulta, ensaiei um sorriso que murchou assim que vi a minha vizinha, dona Lola, atravessando a rua. Mais uma vez ela passava naquela esquina, justamente quando eu me encontrava com Julinho. Era natural. Além de morar no meu prédio, dona Lola era dona da rotisserie próxima à esquina onde, ingenuamente, marquei os meus encontros. Ela frequentemente circulava por ali e, do seu posto, na loja, observava quase todo movimento. Tarde para eu me preocupar, pois ela bateu os olhos em mim, fingiu não reconhecer e seguiu seu caminho sem tirar os olhos do carro. Eu abaixei a cabeça como se estivesse procurando alguma coisa na bolsa, fazendo o possível para que o cabelo cobrisse meu rosto, já imaginando uma história que pudesse fazer sentido para a minha mãe, caso dona Lola resolvesse comentar ter me visto novamente. Eu, que já estava nervosa antes, tinha mais um motivo para me preocupar.

— O que foi, agora, Flávia? — Julinho perguntou, ao notar minha perturbação.

— Nada... só estou procurando o meu batom — menti, com o nariz enfiado dentro da bolsa.

— Olha, Flávia. Já vi que você está nervosa. Se quiser desistir é melhor que seja agora.

Desistir, àquela altura dos acontecimentos, significava renunciar a ele para sempre, portanto, apesar de estar decepcionada pela forma com que ele estava me tratando depois de termos passado tanto tempo afastados, resolvi ir adiante.

— Está tudo bem, Julinho. Podemos ir — tentei demonstrar segurança.

— Tudo bem mesmo? Nenhum acidente com a família? — Julinho referia-se ao falso acidente da Lígia.

Diante do meu silêncio, ele, finalmente, deu partida no carro e dirigiu por um bom tempo por ruas que eu não conhecia até que contornou um muro alto e desviou na abertura curva que nos levou à frente de um guichê. Estávamos no motel.

Uma mulher nos atendeu, examinou algo que Julinho lhe entregou e, olhando séria e firme em minha direção enquanto eu me encolhia inteira, indicou um número de quarto.

— O que você deu para ela, Julinho? — perguntei.

— Documentos.

Achei melhor não perguntar documentos de quem e esperei que ele estacionasse o carro na garagem apertada enquanto, simultaneamente, o portão eletrônico era acionado e se fechava. Quando saí do carro, Julinho passou reto por mim, para abrir a porta da suíte. Esperava que ele me abraçasse e me desse um beijo, já que no carro, mal pudemos nos cumprimentar. Mas, supondo que uma mulher madura nem notasse este detalhe, não protestei.

— Você vai ficar parada aí? — Julinho me perguntou, sério.

Assim que entrei na penumbra do quarto, ele trancou a porta e, passando os olhos ao redor, pareceu examinar cuidadosamente tudo. Enquanto isso, eu, esquecida das regras que tinha criado, iniciei um diálogo totalmente avesso ao roteiro idealizado que proibia qualquer tipo de cobrança e cobrei:

— Você está bravo comigo, Julinho?
— Não. Por que, deveria?
— Por que você está me tratando assim?
— Assim como?
— Assim, indiferente, frio. Nem parece que ficamos longe tanto tempo...
— Digamos que eu não estou bem certo de que devia estar aqui com você. Eu não gosto de ser pressionado. Nem sempre acabo fazendo a coisa certa.
— Pressionado? Só porque eu liguei algumas vezes?
— Algumas vezes? Eu diria que você não tem feito outra coisa.
— Mas foi você quem pediu que eu ligasse quando me decidisse... Pensei que também quisesse ficar comigo.
— Eu quero, mas as coisas não são tão simples...
— Mas está tudo bem com nosso namoro, não está?
— Não, Flavinha. E você sabe o motivo. Mas insistiu em sair e aqui estamos.
— Você se afastou por achar que eu sou virgem? — pela primeira vez manifestei uma suspeita antiga.
— A questão não é essa, Flávia. Você é imatura, parece insegura... Talvez esta ainda não seja a sua hora, ou talvez eu não seja a pessoa certa.
— Claro que você é a pessoa certa, Julinho. Eu te amo. E imaginei este momento milhões de vezes.
— Estas coisas a gente imagina, Flávia, mas também vive. E elas acontecem como e quando têm de acontecer.
— Você não me quer mais?
— Não entenda assim, Flávia. Quem não tem certeza de querer é você. Esta nossa conversa já diz tudo. Não é assim que funciona.
— Como é, então?
— Não se vem até aqui para decidir o que fazer. Quem vem sabe exatamente o que quer que aconteça.
— Eu sei o que eu quero que aconteça, Julinho. E vou provar pra você.

Nessa hora ele me olhou firme, talvez esperando que eu chorasse. Mas eu não chorei. Engoli o nó que estava preso na minha garganta, enquanto procurava localizar o controle do som. Então, aumentei o volume e comecei a dançar para ele.

Ele deu um meio sorriso que parecia zombar de mim. Depois, tirou os sapatos, sentou-se e, recostado na cabeceira da cama, ficou me observando.

Sem conseguir lembrar dos movimentos tantas vezes ensaiados na frente do espelho, dancei para ele, tentando esquecer o fracasso que nosso encontro tinha sido até ali. No início, me senti ridícula, mas fui repetindo cenas de filmes nos quais vi mulheres se contorcendo, apoiadas em móveis e paredes e fui me soltando, soltando, até que ele reagiu e me agarrou. Era o seu primeiro gesto afetuoso.

A sequência de beijos e abraços que tivemos só não foi intensa e maravilhosa como a de meus sonhos porque eu estava preocupada apenas em observá-lo para saber se ele estava curtindo aqueles momentos comigo. Estava. Tudo levava a crer que sim. Voltava a ser o Julinho sedutor, de palavras macias e mãos fortes.

Quem não curtia o momento era eu. Estava tensa, sentindo carícias cada vez mais ousadas, ciente de que não devia pedir que ele parasse. Seria o meu fim. Distante, me surpreendi comparando aquele momento com algo muito parecido que eu tinha dividido com um garoto da minha idade, um ex-namorado tão imaturo quanto eu.

Naquela ocasião, eu me lembrava bem, o que havia não era medo, mas ansiedade. Éramos inexperientes e se as coisas não correram exatamente como planejamos, não vimos nisso uma tragédia. No começo, sim, ficamos desapontados, distantes, encabulados. Depois, começamos a falar e por uma bobagem qualquer chegamos até a rir, cúmplices um do outro. Não houve trauma. Juntos descobrimos alguns erros e acertos.

Desta vez, não. A minha imaturidade não deixava as coisas mais leves. Eu contracenava com um homem que tudo sabia, que tudo queria e esperava de mim enquanto eu me perguntava se era normal fazer amor neste estado de sobreaviso, sempre à espreita do próximo passo.

Minhas dúvidas não podiam ser resolvidas naquele momento, portanto, fechei os olhos, respirei fundo e tentei me concentrar. Tentei acompanhar o seu desejo, sentir as sensações tão esperadas, mas tudo o que fazia era arregalar os olhos para observar aquela estranha que me vigiava através do imenso espelho estrategicamente colocado no teto.

Do alto, meu próprio olhar me invadia, me analisava e não me reconhecia. Eu podia ver meu rosto, meus braços e pernas, o corpo de Julinho sobre o meu, e nada parecia real, pois eu nada sentia. Meu corpo não me pertencia. Estava irreconhecível, esparramado sobre um lençol que me era igualmente estranho. Estranho o toque, estranho o cheiro, estranho o homem.

Eu estava longe dali. Minha alma estava longe dali. Meus braços caídos, largados, sem ação. O que eu chamava de amor estava perdido num labirinto. Meus olhos, grudados no espelho, assistiam a um filme do qual eu não fazia parte. Por onde andaria Julinho, aquele homem que eu amava?

De repente, Julinho me soltou do abraço e deitou-se ao meu lado, modificando inteiramente o quadro refletido no espelho. Vi nossos corpos estirados, separados, sem ação, e foi no espelho que nossos olhos se cruzaram.

— Assim não dá. Isso não pode dar certo!   ele falou, dando um salto. — Vamos embora, Flávia.... Onde é que eu estava com a cabeça quando trouxe você até aqui?

Como se pudesse evitar que ele me visse nua, recolhi minhas roupas espalhadas pelo chão, apertei-as contra o corpo e corri toda encolhida em direção ao banheiro.

De volta, no carro, um pesado silêncio. Na casa de Jane, estúpidas mentiras. No escuro do meu quarto, só decepção.

3

"Ao ouvir a pergunta, a jovem sentiu um medo mortal, mas ainda assim, cantou com sua doce voz: 'Marama é meu nome e não tenho mãe... Vim ao rio para lavar este pilão'."

Depois deste encontro, sem coragem de procurar Julinho, grudei ao telefone esperando uma ligação que não veio. Eu vivia um misto de vergonha e fracasso, além da triste sensação de ter sido desprezada pelo homem que eu amava.

Eu me remoía por dentro, tentando imaginar que ideia Julinho fazia de mim depois de nosso encontro frustrado, tão diferente do que eu sonhara. Queria poder voltar àquele tempo em que ele se encantava comigo e era cheio de atenção e cuidados. Um tempo de euforia em que tudo era perfeito.

Mas perfeição agora existia só na aparência, à custa de muito esforço, para que ninguém desconfiasse do tormento que eu vivia. Natural, portanto, que minhas amigas, alheias a tudo, não tenham entendido a reação que tive diante da notícia dada pela Salete num dia que para mim seria inesquecível.

Era o intervalo das aulas e as meninas conversavam animadas sobre os programas que tínhamos para o final de semana:

— Sábado é aniversário da Teca — a Rubia lembrou. — E a festa vai ser tão animada que dá até para levar o seu tio.

— Convida o Julinho, Salete — a Jane concordou e eu, cheia de esperança, reforcei:

— É... convida. Acho que essa festa ele vai topar!

— Até toparia, sim... — Salete disse — ...pena que tem de ir embora.

— Ele vai embora? — perguntei, em pânico.

— Vai. Hoje mesmo, se já não tiver ido — ela falou, consultando o relógio.
— Mas por quê? Assim de repente? —Jane exclamou. — Não ia passar um tempão por aqui?
— Ia, se aquela garotinha não tivesse quebrado a perna — Salete respondeu.
— Que garotinha? — perguntei, ansiosa demais para disfarçar.
— A filhinha dele. Um toquinho assim, ó — Salete falou, dando uma idéia do tamanho da menina com a mão. — Tem dois aninhos.
— Filhinha? — Jane falou. — Mas esse seu tio, por acaso, é casado?
— Ihhh! Agora vai começar o interrogatório. Ô boca! — disse a Salete dando um tapa na própria boca que, parecia, tinha falado demais.
— É casado? — insisti, pronta para abrir um berreiro.
— Claro! Vocês queriam o que, com aquela idade? É casado, sim — Salete disse, olhando para mim e perguntando também: — Por que o espanto?
— É que ele nunca disse — eu comentei, enquanto sentia a vista escurecendo. — Ele nunca, nunca contou nada!
— O homem mal te conhece, menina! Ia contar o quê? Não lembra que ele não queria comentários sobre a sua vida? — Jane o defendeu.
— Isso ele falou — concordei com a voz fraca, lembrando do pedido do Julinho.
— Ele falou, não! Isso quem falou fui eu! — Salete logo corrigiu.
— Do jeito que você diz, até parece que os dois tiveram altos papos!
Diante disso, eu não suportei o peso do meu segredo e corri para o banheiro chorando, desesperadamente. Claro que todas me seguiram. Claro também que me cobriram de perguntas e evidente também que tiraram suas conclusões:
— Vai me enganar que você gosta do Julinho? — Salete falou, admirada. — Só faltava essa!
— Se gosta é boba, pois ele nunca deu bola para nenhuma de nós — era a Rubia que, caída por ele, revidava enciumada.
— Pretensiosa a menina. Queria fisgar o meu tio! — Salete não admitia a possibilidade de eu me envolver com ele.
— Ele te deu alguma bola, por acaso, Flávia? — Jane foi mais delicada. — Por que se deu, francamente Salete, seu tio foi um cafajeste!
— Cafajeste ele não é — Salete o defendeu, furiosa. — Meu tio é gente fina e não ia se meter com as minhas amigas. A Flávia deve ter

fantasiado as coisas por conta própria. Quem gosta muito de alguém, às vezes, vê coisa que não existe. Até entendo...

— Foi isso, Flávia? — Jane perguntou. — Foi você que criou esperança sozinha e agora está decepcionada?

— Meu tio é tão sério, que quis um tempo para esfriar a cabeça antes de acabar com o casamento dele, gente. E era esse o problema que ele não queria comentar! — Salete explicava.

— Ele vai se separar da mulher? — Rubia perguntou.

— Sei lá! Do jeito que resolveu voltar só porque a filha se machucou, acho que vai ficar mais casado do que nunca — a Salete comentava.

Enquanto isso, eu chorava. Mais ouvia, mais chorava. E elas, sem entender nada. Então a Jane saiu para buscar água para mim. A Rubia também se afastou e a Salete, chegando bem perto, disse num tom de ameaça:

— Olha aqui, Flávia. Você que invente alguma coisa para falar mal do meu tio que vai se ver comigo. Ele não tem culpa se você é tonta de se apaixonar só de olhar pra cara dele. Vê se não inventa moda, viu?

Talvez eu devesse ter ficado calada, mas não me contive e contei de uma só vez, chorando, tudo o que eu queria ter contado para elas antes, com calma e alegria. Gritei tanto que a Rubia e a Jane, ao voltarem, ficaram me olhando espantadas, como se eu estivesse tendo um ataque de histeria. Vilminha entrou logo em seguida, a tempo de ouvir o meu desabafo. Mesmo sem ter presenciado o começo do nosso diálogo, foi ela quem depressa entendeu o meu drama pois, exclamou:

— Caracóis! Então o Julinho é o Jaime?

— Como? — a Jane assustou-se — Tudo o que ela contava do Jaime quem fez foi o Julinho?

— Nossa!!! — a Rúbia também alinhavou a história e surpreendeu-se. Só quem não admitia esta possibilidade era a Salete, que protestou:

— Imagine! O Julinho ser o Jaime... Vai ver que esse cara nem existe. É tudo imaginação dela que se apaixonou por meu tio de bobeira!

— Me apaixonei por ele, sim! — explodi. — Eu amo o Julinho, mas ele também me ama! A gente vai se casar. A gente está namorando escondido, desde o primeiro dia que se viu. Ele é o Jaime, sim. Inventei outro nome porque prometi não contar nada, mas a gente se ama, se ama muito...

— Ah, canalha! — eu ouvi a Jane dizendo — Quer dizer que o santo do Julinho enrolou você direitinho?

Eu não sei o que deixou a Salete mais furiosa, se a minha declaração ou o comentário da Jane. Só sei que ela saiu em defesa do tio com todas as forças:

— É MENTIRA! É TUDO MENTIRA! O Julinho não faria isso. Ela está inventando. Não acredito numa só palavra do que você disse, Flávia. Você quer se vingar dele porque ele não te deu a mínima! Pois eu não vou deixar. Não vou mesmo!

E, dizendo isso, saiu correndo do banheiro chorando tanto quanto ou mais do que eu.

4

"O rio dos crocodilos era profundo e caudaloso. Marama ajoelhou-se na sua margem e começou a lavar o pilão, mas ele estava tão pesado que lhe escapou das mãos, desaparecendo na água. Marama começou a chorar porque não poderia voltar para casa sem ele."

Fui para a minha casa, tentei disfarçar os meus olhos inchados e, no meu quarto, mais uma vez, sentei diante do telefone. Que Julinho não tivesse ligado depois do nosso mal sucedido encontro, eu até podia entender. Mas agora era diferente. Ele ia partir. Não teria coragem de ir sem se despedir depois do que tínhamos vivido juntos.

Mentalmente, eu já o ouvia dizendo que estava viajando apenas para socorrer a filha, conversar com a mulher; mas assim que possível, voltaria e falaria com meus pais, resolvendo tudo de uma vez por todas.

E eu imaginava tudo com detalhes. Ele voltando de braços abertos e sorrindo para mim. Ele conversando com a minha mãe, provando o seu amor por mim. Eu e ele passeando de mãos dadas na frente das meninas e de quem mais pudesse ver. A Salete aceitando o fato de o seu tio me amar. Eu sendo a mais doce madrasta para a sua filhinha.

Imaginava mil cenas, impaciente, rodeando o telefone que parecia eternamente mudo. Mas, da parte de Julinho, nada de telefonema, carta, telegrama, recado, pombo-correio, qualquer coisa que me fizesse acreditar que nosso amor ainda era o mesmo, apesar das tantas bobagens que eu tinha feito para tê-lo comigo.

Durante alguns dias pude ficar dentro do quarto, afastada do mundo, alegando dores de cabeça e gripes inexistentes. Estava apática, indiferente. Não comia, não conversava, não saía. Cada dia que passava sem notícias me obrigava a aceitar o fato de que o Julinho tinha mesmo me enganado. Eu só não queria admitir, mas dentro da minha cabeça, girava um disco sem fim que repetia: Julinho é casado, Julinho é casado. E agora? Julinho é casado...

Não tive coragem de contar a minha mais recente decepção para mais ninguém e, passado algum tempo, como todos falavam em me levar a médicos, precisei reagir. Então, decidi confiar no meu amor e esperar notícias como alguém perfeitamente equilibrado e seguro, ainda que eu não me sentisse nem uma coisa, nem outra.

Mais uma vez, enfrentei a escola, as amigas, os olhares enviesados da minha irmã. Tentei me convencer de que estava vivendo um romance de ficção em que tudo parece contrário à felicidade, mas os amantes superam os obstáculos e vivem felizes para sempre.

Julinho voltaria. Todos diriam que não, mas ele voltaria. Estava demorando para resolver todos os problemas, mas quando isso acontecesse, diria que sua filha estava curada e o seu casamento desfeito. Juntos enfrentaríamos o preconceito e seríamos felizes, quer os outros gostassem ou não.

Na escola, Salete evitava ficar perto de mim. A Rubia continuava sem acreditar que eu tivesse tido qualquer envolvimento com o Julinho. Vilminha, por tudo e para tudo, repetia o seu famoso "caracóis". A Jane conversava e estudava comigo, mas evitava este assunto. E eu, embora sabendo que poderia conversar com ela, preferia manter meu papel de batalhadora solitária para provar que um amor verdadeiro como o meu superaria qualquer obstáculo. E era isso, apenas isso, que me dava forças.

5

> "Marama vagou pela floresta até que a noite chegou. Tudo o que ela queria era reencontrar o príncipe e, com ele, defender-se de todos os animais que a ameaçavam, recuperar o pilão e voltar para casa. Cansada, Marama deitou-se ao pé de uma velha árvore e admirou o céu. Foi então que decidiu seguir o caminho das estrelas."

O tempo passou. Eu estava sem notícias de Julinho há um mês, quando alguma coisa dentro de mim mudou. Se antes, para justificar a minha espera, inventei milhões de motivos para que Julinho não me ligasse, passei — por desespero, ilusão ou defesa — a acreditar que ele só não se manifestava por estar esperando uma atitude minha. Concluí, por minha conta e risco, que se o nosso encontro tinha sido um fracasso por minha culpa, nada mais justo do que eu tomar a iniciativa para um entendimento. Então, acreditei ouví-lo me chamando, pedindo que eu quebrasse aquele gelo, aquela distância e, a partir daí, minha imaginação passou a agir freneticamente.

Diriam, mais tarde, que eu, frustrada e insegura, desencadeei um comportamento neurótico. Sensível, minha mãe insistia para que eu consultasse um terapeuta, pois percebia que a minha ansiedade não era normal. No entanto, por mais absurdas que pudessem parecer aos outros, eu achava minhas atitudes absolutamente coerentes, sempre movidas por uma sábia intuição.

E minha intuição sugeria que Julinho estava me chamando a todo instante. Era ele quem me fazia andar até o telefone e, conduzindo a minha mão, me fazia ligar:

— Alô — sua voz do outro lado da linha disparou meu coração.
— Julinho? — falei trêmula e insegura.
— Quem está falando? — ele perguntou.
— Não conhece a minha voz? A Flavinha...

— Minha senhora, deve haver algum engano. Não tem ninguém com este nome — Julinho respondeu num tom de voz áspero, incompatível com o semblante feliz e cheio de saudade que eu tinha imaginado.

— Julinho, sei que é você. Acha que não conheço a sua voz? O que está acontecendo? Por que fugiu de mim? Quando vai voltar?

— A senhora deve ter ligado errado...

— Ah! Entendi. Tem alguém perto e você não pode falar? Eu ligo mais tarde. Diga apenas sim ou não. Posso tentar daqui a duas horas?

— A senhora não entendeu: seu número está errado. Não ligue novamente. Passar bem.

Antes que eu ouvisse o som da linha interrompida, percebi uma voz feminina dizendo alguma coisa como: quem é, querido? Mas podia ser outra frase com um som parecido. Talvez não fosse querido. Talvez não fosse uma voz feminina. Para me certificar, liguei outra vez.

— Com quem deseja falar? — uma mulher perguntou e eu desliguei assustada.

Em condições normais eu talvez tivesse desistido, mas minha ansiedade me forçava a interpretar tudo sem o menor bom senso.

Eu precisava arquitetar um plano para descobrir o que estava acontecendo com o meu lindo romance, sempre mantendo a naturalidade para que a minha família não desconfiasse de nada. Estava certa de que Julinho queria que eu suportasse o nosso afastamento de uma maneira adulta e discreta, portanto, se eu tinha ligado em hora errada, devia, pacientemente, esperar um momento mais oportuno.

Não era fácil controlar tanta expectativa. Por isso, sem poder me abrir com ninguém e buscando respostas urgentes, decidi me orientar pelos astros. Só eles poderiam me ajudar a interpretar aquele silêncio e me indicar como agir. Passei, assim, a ler todos os horóscopos que me chegavam às mãos e a ficar atenta aos sinais que a vida, aparentemente por acaso, me enviava através de frases encontradas em revistas, novelas e filmes, verdadeiros recados do destino.

Tudo eu interpretava e lia nas entrelinhas. Se os horóscopos sugerissem discrição nas relações, eu ficaria em silêncio. Se mandassem ousar, eu ligaria. E no dia em que li: "Nada é o que parece ser. Por trás das aparências se esconde a verdade", eu sorri, aliviada, pois isso sinalizava que o fato de Julinho se afastar de mim era mera aparência. Por trás, havia uma verdade: ele tentava ganhar tempo para resolver a nossa delicada situação e sentia a minha falta tanto quanto eu a dele.

Na verdade, eu via o que queria ver, ouvia o que queria ouvir, buscando saídas irreais para um dilema bastante real. Passei a acreditar que tudo era uma questão de tempo e foi por isso que um belo dia decidi acelerar os acontecimentos e procurar por ele, assim que li o que os astros me ensinavam: "Tome atitudes objetivas. Às vezes, é preciso agir com ousadia e atrevimento. O amor agradece." Diante disso, não hesitei em ousar e me atrever, certa de ser este o melhor caminho.

6

> "Seguindo as estrelas, Marama andou pelos bosques em busca do príncipe. Quando o viu em seu formoso cavalo, esperou que ele lhe estendesse os braços num convite para que ela partisse com ele. Mas o convite não veio, ela precisou pedir. Ele estava sério quando os dois se afastaram e ainda mais sério quando a levou de volta ao castelo."

Decidida, localizei seu paradeiro. Ao ligar para a firma onde ele trabalhava, soube que ele estava, exatamente ali, na minha cidade, como ele de fato comentara que vez por outra fazia.

Resolvi procurá-lo o quanto antes. Não parei para pensar nas consequências, nem se ele aprovaria ou não. Simplesmente, segui mais um dos meus loucos impulsos e fui. No saguão do prédio luxuoso, pediram que eu me identificasse e eu temi que, ao ser anunciada, Julinho não me recebesse. Contando ainda com a sorte, me instalei na recepção, alegando ao segurança estar esperando uma amiga.

Era final de expediente e os funcionários logo começaram a aparecer. Procurei, aflita, o rosto de Julinho no meio daquelas pessoas quando me dei conta de que ele provavelmente sairia pela garagem. Corri, mas logo constatei minha falta de sorte. Eu estava longe ainda, quando vi seu carro contornando a esquina.

No dia seguinte, fui direto para a saída do estacionamento e esperei durante quase uma hora. Quando o vi ao volante, subindo a rampa, fiquei tão desesperada que me atirei diante do carro, obrigando-o a brecar bruscamente. Colocando a cabeça para fora da janela, Julinho, muito sério, perguntou:

— O que você está pretendendo, menina? Se matar?

— Quero falar com você.

Julinho fez sinal para que eu entrasse no carro e eu obedeci o mais rápido que pude. Enfim, estávamos juntos. Essa etapa eu tinha vencido, mas temendo que ele me levasse de volta para casa, fiquei quieta, quase imóvel ao seu lado. Felizmente, ele tomou outro rumo, pegou a via marginal e meu coração disparou ao supor que ele pudesse estar me levando a um motel.

Eu estava pronta. Não produzida como da primeira vez, mas pronta para enfrentar a situação com a maturidade que ele esperava. Ao menos, era o que eu supunha. Não pude saber se isso era fato, pois Julinho dirigiu até o campus da universidade e estacionou ao lado de um dos prédios. Em silêncio, desceu do carro e esperou que eu fizesse o mesmo.

Ali, longe dos olhares curiosos, imaginei que ele, finalmente, me abraçasse e me beijasse muito, demonstrando a mesma saudade que eu. Mas não foi o que fez. Apenas encostou no carro, ao meu lado, acendeu um cigarro e perguntou, seco:

— O que você quer de mim, Flávia?

— Falar com você, Julinho. Por que você nunca mais me procurou?

Ele deu uma tragada profunda no cigarro e soltou a fumaça bem devagar como se quisesse se acalmar.

— Pois eu vou explicar por que não a procurei mais, Flávia. Eu sou casado, você já deve estar sabendo disso.

— Sei, Julinho, mas...

— Deixe que eu diga tudo de uma vez, Flávia, assim eu poupo você de mais decepções.

— Julinho... eu não me importo com nada do que dizem... eu te amo...

Ele desencostou do carro, jogou o cigarro longe depois de dar mais uma longa tragada e ficou de frente para mim, segurando os meus braços. Não era o abraço esperado, mas ele, enfim, estava me tocando, olhando dentro dos meus olhos:

— O que aconteceu entre nós, Flávia, se é que aconteceu alguma coisa, acabou.

Minha vista escureceu e eu tentei protestar: Como se aconteceu alguma coisa? Mas ele não me deu tempo para isso.

— Eu sou casado, bem casado, tenho uma filha. Não posso me envolver com meninas como você. Não é certo. Você me entende?

Julinho perguntava, sem me dar tempo para responder.

— Você é jovem, linda, tem um futuro pela frente. Não deve se envolver com um homem mais velho e comprometido. É ruim para você.

Ruim para mim. Eu preciso pensar na minha família e você tem de conviver com pessoas da sua idade...

— Eu te amo, Julinho...

— Você está iludida com um romance que não aconteceu, nem poderia... Você se impressionou, foi isso.

— Eu te amo, Julinho...

— Tudo foi um grande equívoco, Flávia. Nós confundimos nossas emoções, agora é seguir cada um para o seu lado. Felizmente, não aconteceu nada mais sério entre nós.

— Aconteceu sim, Julinho. Eu te amo, você não entende isso?

Então, ele mudou o tom:

— Preste atenção, Flávia! Estou falando que acabou. Será que você não entende isso?

— Mas você disse que me amava — falei com a voz de choro que tinha jurado não fazer. — Quero ficar com você como antes, mesmo sabendo que você é casado. Eu não ligo. Você já era casado e me tratava bem, gostava de mim, não gostava?

— Gostava, Flávia, mas acabou. Tudo mudou. Eu voltei para a minha mulher. Já falei para você. Pare de ligar para a minha casa, de me deixar recados e, principalmente, não venha até o meu escritório. Você ficou maluca?

— É que eu precisava falar com você, Julinho, e você me evita... Eu queria que você soubesse que eu cresci muito — eu agora deixava que as lágrimas corressem livres.

— Pois não é o que parece, Flávia.

— Eu juro, Julinho. Eu mudei muito, acredite em mim.

— Flávia, não chore. Você não tem culpa de nada. É apenas uma menina. Eu é que demorei para ver a estupidez que estava fazendo. Felizmente, você me impediu de levar isso mais adiante.

— Felizmente? Mas você me queria tanto...

— Eu fui irresponsável, Flávia. Você é menor de idade e isso dá uma encrenca sem tamanho. Não sei onde eu estava com a cabeça.

— Não dá encrenca se eu estiver de acordo. E eu estou. Eu posso provar isso agora mesmo.

— Não quero, Flávia. Aceite isso. Não me obrigue a ser mais indelicado com você.

— Me dá uma chance, Julinho. Eu te amo tanto... Só mais uma chance e se não der certo eu deixo você em paz para sempre.

— Nós já tivemos a nossa chance e vimos que não deu certo, portanto, vamos embora, Flávia. Vamos nos despedir como amigos e esquecer esse assunto. Você diz que cresceu, então mostre. Pare de chorar feito criança.
— Me dê um abraço... um beijo... Por favor, Julinho.
— Não, Flávia.
— Me chame de Flavinha e me abrace forte, só um pouquinho... por favor, Julinho. Não faça isso comigo. Dói demais.
— Eu sei que dói, mas acredite, Flávia, um dia você vai me agradecer por isso. Errado eu estava antes, quando alimentei suas ilusões. Agora estou sendo amigo. Sério.
— Amigo? Você nem liga para o que eu estou passando desde que descobriram nosso namoro!
— Ninguém descobriu, Flávia. Foi você que contou e me deixou numa situação embaraçosa com a minha sobrinha. Ainda bem que ela compreendeu.
— Compreendeu ou você disse que era tudo imaginação minha?
— Não importa o que eu disse. O que ela pensa não muda nada.
— Claro que importa, Julinho! O que foi que você inventou para ela?

Gritando, esmurrei o peito dele, louca de raiva, pois começava a entender o desprezo da Salete. Para se defender, Julinho devia ter dito que tudo não passava de imaginação minha. Me senti tão humilhada que ameacei:

— Eu vou me vingar, Julinho. Vou contar para a sua mulher o que você fez comigo.
— Vamos conversar como adultos que já tem gente olhando. Você está ridícula nesse papel de mulher traída, Flávia — ele falou, sério, tentando me conter.
— Eu não ligo. Quero mesmo que saibam quem é você. Eu vou infernizar a sua vida!
— Não faça isso. Só vamos nos machucar ainda mais.
— Você não está machucado. Só eu. Você premeditou tudo.
— Isso não é verdade, Flávia. Eu estava vivendo um momento difícil e confundi meus sentimentos. Não sou tão mau caráter quanto você está pensando.
— Você acabou comigo, Julinho.
— Não diga isso. Você é uma graça de menina e não deve sofrer por minha causa. Vamos, vou levá-la para casa.
— Não.

sonia salerno forjaz

— Então vou deixá-la aqui mesmo. Pense bem. Estamos longe.

— Antes, promete que vai me ligar. A gente se acalma e conversa outra vez. Hoje eu me descontrolei... — eu não conseguia parar de soluçar, tamanha era a dor que sentia.

— Não vou ligar, Flávia. Este encontro nem precisava ter acontecido. Se você fosse esperta, já teria entendido o meu silêncio. Pare de se humilhar, menina.

— Me dê outra chance, vai, Julinho. Por favor... Marca outro dia, outra hora... Não vê que eu estou implorando? Por favor, por favor, por favor, Julinho, você quer que eu me ajoelhe? — perguntei já me ajoelhando aos seus pés e agarrando suas pernas, desesperada e ele, parecendo emocionado, me levantou pelos braços e ficou bem perto de mim, quase me abraçando.

— Não faça isso consigo mesma. Você está se machucando. Nunca imaginei que faria tanto mal a você, menina.

— Eu não sou menina, Julinho.

— É uma menina, sim. E eu fui um louco por magoar você deste jeito.

— Fica comigo, Julinho. Diz que me ama. Diz para a Salete que me ama.

— A Salete não tem nada com isso, Flávia. E eu tive minhas razões para não contar a verdade a ela.

— E eu passei por louca. Não é justo!

— Nada nesta história foi justo, Flávia. Mas você não teve culpa de nada. O culpado fui eu. Ouça, Flávia. Ouça o que eu tenho a dizer — ele pediu, segurando meu queixo e me fazendo olhar firme para ele, embora minhas lágrimas turvassem seu rosto.

— Eu peço perdão a você, Flávia. Eu devia estar muito perturbado para criar uma situação como esta. Eu estava vivendo um momento difícil, querendo me vingar, não sei... Acabei envolvendo você numa situação delicada, Flávia, e lamento. Não fique neste estado por minha causa.

— Me abraça mais um pouco — pedi, aproveitando que o seu tom de voz agora era calmo e gentil.

— Eu não estou abraçando você, Flávia. Não da maneira como você quer. Não confunda as coisas. Estou sendo delicado, pois não quero fazer mais mal a você do que já fiz. Agora, vamos embora, vamos.

— Não.

— Se você não vier, vou sozinho.

— Você não teria coragem.

— Teria, sim.
— Você não faria isso comigo, faria?
— Faria, Flávia. Eu preciso realmente ir embora e nós já terminamos. Vamos.
— Deixa eu ficar mais um pouco com você.
— Eu estou indo — disse ele, entrando no carro e ligando o motor.

Com medo de ficar sozinha tão longe de casa, entrei também. Mas não parei de chorar nem de falar. Talvez, se tivesse parado, o final do nosso encontro não fosse tão infeliz. Mas como insisti em demonstrar a minha dor, esperando que por remorso ele voltasse atrás, tudo o que consegui foi me mostrar imatura.

Cada frase minha era uma cobrança. Cobrança por uma atenção que ele não mais queria dar, por um amor que nunca tinha existido. Ele insistia em me falar que estava morando com a esposa e com a filha por opção, mas eu não admitia. Insinuava que ela estava fazendo chantagem, prendendo-o contra sua vontade e isso começou a irritá-lo ainda mais. E quanto mais eu tentava encontrar um modo de revê-lo, mais ele fugia.

— Onde você está morando, Julinho? Mudou aqui para a cidade? — perguntei, simulando ingenuidade.
— Não.
— Me dá seu endereço? Seu e-mail?
— Não.
— Por quê?
— Porque eu não quero.
— Deixa eu escrever para você pelo menos?
— Não.
— Deixa, vai? Já que vai ser difícil a gente se ver.
— Não, Flávia. Nós não vamos mais nos ver.
— Julinho... Por favor...
— Estamos chegando, Flávia. Que tal encerrarmos este assunto como amigos?
— Eu quero continuar vendo você, Julinho. Por favor... não me deixa... Você não percebe como o que eu sinto por você é sério?

Como resposta, Julinho apenas dirigiu em silêncio até a porta do meu prédio, parou, curvou-se para abrir a porta do carro e esperou, pacientemente, que eu, derrotada, descesse. E, para mim, descer daquele carro em clima de hostilidade, já tinha virado rotina.

7

> "Ao voltar para o castelo, Marama ouviu novamente a voz que vinha da cozinha: "escolha-me, escolha-me", como uma súplica. A madrasta aproximou-se, exibindo um pano rústico e fios de linha coloridos com os quais começou a tecer uma paisagem. Marama olhou as mãos que criavam o lindo desenho e, entretida, foi chegando mais e mais até se envolver na trama e no tecido."

Diante do prédio, disfarcei o quanto pude mas, assim que entrei no elevador veio o choro, intenso, descontrolado e entrecortado por soluços sentidos. Queria a escuridão e o silêncio. Mas, ao entrar em casa, encontrei a minha mãe, que inevitavelmente, assustou-se com o meu estado. Corri até ela e a abracei, sem mais esconder meu desespero. De encontro ao seu corpo, senti que sua rigidez habitual se dissolvia num abraço suave. Havia tempos que não a sentia assim tão perto, afagando meus cabelos e perguntando, aflita:

— O que foi, minha filha? O que foi que aconteceu?

— O Julinho, mãe. Foi o Julinho!

— O que este infeliz aprontou desta vez, filha! Será possível que isto não termina?

— Terminou, mãe. Agora eu juro que terminou.

De um fôlego só, contei sobre esse nosso último encontro, a minha expectativa e a nova frustração, pois tudo o que ele queria era terminar nosso namoro, pouco se importando comigo. Contei apenas parte da história, omitindo detalhes importantes como a minha insistência, minhas ligações e cartas, nossa ida ao motel, nosso encontro forçado e, principalmente, o fato de saber, já há algum tempo, que Julinho realmente era casado.

Minha mãe sentou-se ao meu lado no sofá e conversou comigo. Finalmente, abria o seu coração, finalmente ouvia ao menos parte daquilo que eu pretendia lhe dizer.

Ela falou sobre a dificuldade que teve em aceitar tanto a sua separação quanto o meu envolvimento com um homem mais velho. Contou coisas sobre a sua infância, sua educação reprimida, repassada através de gerações e que, apesar dos novos tempos, ainda a marcava fortemente. A partir das suas histórias, comecei a entender como ela via o sexo, cheia de medos e tabus, e como tentava adiar o momento em que tivesse de admitir que suas filhas estavam prontas para viverem suas próprias experiências.

Minha mãe não apenas responsabilizava os homens por uma série de limitações impostas as mulheres, como também via a vida dentro de esquemas muito rígidos: o casamento indissolúvel, as idades ideais para os casais, a submissão da esposa ao marido. Sexo fraco e sexo forte, muito bem definidos por papéis para cada gênero. E todos estes padrões tinham sido abalados, sem que ela ainda tivesse como substitui-los. Meu pai, repentinamente saíra; eu me apaixonara por Julinho e ela tentava assumir um papel que cabia às mulheres que tinham uma outra formação que não a sua.

— Não sou moderna — ela afirmava, agora, com tranquilidade. — Tento acompanhar os fatos, tento aceitar, mas certas coisas estão firmes dentro de mim. São nós difíceis de desatar.

— Você parece estar vivendo em outra época, mãe, e não consegue entender como as coisas funcionam hoje.

— O que você quer dizer com isso, Flávia? Que eu deveria aceitar a decisão do seu pai naturalmente?

— Não. Eu estava pensando mais no meu namoro com o Julinho. Você nunca aceitou a nossa diferença de idade, por exemplo. E isso, hoje, é comum.

— Acho que, aos poucos, aceitaria a diferença, Flávia, se este homem se mostrasse apaixonado, se assumisse você publicamente. Mas, não, ele quis tudo às escondidas e hoje, você mesma admite que ele não é exatamente como o idealizava.

— Mas um dia ele foi bom comigo, mãe.

— Se fosse bom de verdade, não teria rompido com você da forma como fez.

— As pessoas mudam.

— E eu tinha acreditado quando você me garantiu ter se afastado dele. Você mentiu, Flávia, isso não está certo.

— Eu quis me afastar dele, mãe, mas não consegui. Sempre pensei que nosso namoro pudesse dar certo. Hoje ele me disse que não, que sou muito infantil.

— O que não deixa de ser verdade — minha mãe ainda lhe deu razão. — Talvez, no fundo, ele tenha um pouco de juízo.

— Mãe! Eu acabo de levar um fora e você dá razão para ele? Eu sei que você queria o fim deste namoro, mas ele me magoou muito! — reclamei.

— É, filha. Queria o fim deste namoro mesmo. E pode estar certa de que você supera esta mágoa toda. Seu pai também me magoou e eu estou de pé.

— Só que é diferente, mãe. Eu amo o Julinho pra valer!

— E você acha que eu não amo o seu pai, por acaso? Querendo ou não, minha filha, a única saída é reagir e seguir adiante.

— E o que a gente sente, como fica?

— Com o tempo, se transforma, suaviza. Dói, mas um dia passa.

Olhei para ela e ela me devolveu um sorriso meio triste e me abraçou novamente, num raro momento de compreensão e solidariedade. Mas, como não podia deixar de ser, nossa paz foi quebrada pelo mesmo furacão de sempre: a Lígia. Bastou que ela entrasse na sala e nos surpreendesse, tão próximas, trocando um olhar cúmplice, para que tudo desabasse:

— Gente! O que aconteceu? — ela perguntou, admirada.

— Nada — respondi, sem tirar os olhos da minha mãe, como se tivesse medo de quebrar o encanto. — Só estamos conversando um pouco.

— Vocês duas conversando? Deve ser grave — Lígia concluiu.

Minha mãe olhou para ela e explicou:

— Estamos dando uma trégua às nossas diferenças, Lígia. Você não quer fazer parte deste acordo?

— Claro. Onde é que eu assino? — Lígia sentou-se do outro lado de minha mãe e ordenou: — Me abrace também que eu sou ciumenta.

— O quê? A Lígia assumindo explicitamente o seu ciúme! — exclamei. — Precisamos gravar esta cena inédita, mãe.

— É verdade — minha mãe concordou. — Parece que todas nós resolvemos admitir nossas fraquezas. Quanto progresso!

— A Flávia também admitiu as dela? — Lígia perguntou, meio irônica.

— De certo modo, sim, pois acabou de dizer que esse tal Julinho não é flor que se cheire! — minha mãe respondeu, ingenuamente.

— É mesmo, Flávia? — Lígia dirigiu-se a mim. — Então a mamãe já sabe de tudo?

— Tudo o quê? — perguntei, intrigada.

— O que a Rúbia me contou — Lígia declarou friamente. — Fiquei sabendo tudinho.

— Tudinho o quê? — foi a vez da minha mãe perguntar, afastando-se do abraço.

— Que esse tal Julinho é casado e tem uma filha — Lígia anunciou.

— CASADO?! E você me esconde uma coisa dessas, Flávia? — minha mãe voltou-se para mim com a expressão dura de sempre.

— Eu ia contar, mãe, mas ele rompeu comigo... achei que não precisava mais entrar em detalhes — tentei me justificar.

— Como não precisava? Isso não é um detalhe! O tempo todo eu disse que este sujeito era casado e você negou — minha mãe insistiu.

— Mas eu não sabia mesmo, mãe! — me defendi.

— E como a Rúbia sabia? — Lígia provocou.

— Bem... primeiro eu não sabia e depois fiquei sabendo — me atrapalhei na explicação também.

— Mas a Rúbia sabe há um tempão — Lígia continuou cavando a minha sepultura.

— Mas eu juro que não sabia! — menti.

— Conte esta história direito, Flávia — minha mãe ordenou.

— Ih... se ela contar tudo o que eu fiquei sabendo, você não vai gostar, mamãe — minha santa irmãzinha jogava lenha.

— O que você sabe, Lígia? — mamãe perguntou e, voltando-se para mim, completou: — E o que você está me escondendo, Flávia?

Foi o fim de nosso armistício, o fim da doce trégua. A fada virou madrasta e nunca mais afagaria os cabelos da princesa enquanto ela não lhe contasse a verdade.

Fechei os olhos, lembrei de Julinho me abandonando e senti que meu peito ainda doía. Fugi para o meu quarto e minha mãe foi atrás. Felizmente, manteve Lígia do lado de fora e sentou-se esperando que eu falasse. Vencida, eu me abri. Tanto quanto pude.

8

> "Marama sentiu uma forte vertigem e a madrasta saiu em busca de uma erva poderosa contra os malefícios do amor. Apesar dos seus protestos, a madrasta se foi prometendo voltar e, enquanto esperava, inquieta e sonolenta, Marama, viu-se rodeada por olhares curiosos e reprovadores que a instigavam a revelar os seus segredos e em silêncio a condenavam."

Tive com minha mãe uma conversa longa e difícil. Fui posta contra a parede, acuada e sem saída. E parece que somente depois do meu desabafo, ao ouvir minha própria voz contando sobre o meu amor e a minha decepção, eu me convenci do que realmente tinha acontecido. Julinho tinha me deixado, tinha virado a página da nossa história, tinha me desprezado. Eu estava sozinha.

Chorei durante horas, desta vez sem a menor preocupação em disfarçar as lágrimas. Esgotada, sem ânimo, cheguei a dormir, mas acordei sobressaltada e passei a madrugada com os olhos grudados no teto e as ideias girando. As imagens da véspera não saíam da minha cabeça e não faziam parte de um pesadelo. Tudo aquilo tinha acontecido de fato, e acontecido comigo.

Não dava para acreditar que existiam dois Julinhos tão diferentes. Eu amava o Julinho apaixonado. O da véspera, eu nem conhecia. Mesmo lembrando das suas reações mal humoradas quando, frustrado, me largava na esquina, o contraste ainda era enorme, pois o primeiro brigava por me querer demais e este último só queria me ver fora da sua vida.

Na verdade, eu estava vivendo um inferno, já há algum tempo. Desde o instante em que me envolvi com Julinho, minha vida tinha se tornado confusa. Meu medo de perdê-lo era enorme, minha insegurança sem limites, de modo que tudo tinha saído do ritmo: sono, fome, concentração, rotina. Meu mal-estar não era súbito, tinha apenas piorado diante de um rompimento que eu não aceitava. Precisou acontecer pessoalmente, verbalmente, cruelmente para que eu entendesse: Julinho estava mesmo disposto a não me ver nunca mais.

Minha mãe, desta vez, não estava irritada. Parecia sentir pena por me ver tão frágil e, ainda que me censurasse profundamente, recorria a discursos sobre minha autoestima e o respeito que eu devia ter por mim mesma, como se, muito coerente, adotasse todas essas teorias na sua vida pessoal.

Dentro de mim, tudo ruía. Eu passava a maior parte do tempo no meu quarto, solitária em minha preguiça, sem motivação para nada. Gastava as horas tentando entender o que se passava na minha alma. Esta, sim, doente de verdade.

Informado pela minha mãe sobre minhas últimas loucuras, meu pai apareceu no sábado e, mesmo vendo que eu estava deitada e supostamente dormindo, bateu na porta de leve e entrou sem ser convidado. Nem bem chegou, demonstrou estar sabendo que Julinho era casado.

Como sempre, começamos a conversar calmamente, até que reagi a um seu comentário e, com mil pedras na mão, perguntei se o que eu deveria aceitar era o fato de ter sido abandonada por dois homens.

Falei e falei demais. Vomitei minha raiva, meu ressentimento e toda minha mágoa, embrulhados em palavras duras, pesadas, gritadas. Não queriam todos que eu reagisse? Pois reagi. Inesperadamente e logo sobre meu pai, como se fosse uma premeditada vingança.

Para minha surpresa, ele pareceu entender minha explosão e tentava me acalmar quando a Lígia apareceu no vão da porta, interrompendo a nossa conversa e alegando ser o seu assunto muito mais importante. Foi aí que, empurrada pelas lembranças e pelo ressentimento que Lígia me provocava, avancei sobre ela, derrubando-a no estreito corredor e perdi o controle sobre meus atos. Superando Lígia pela surpresa do meu ataque, agarrei seus cabelos e arranhei seu rosto com força. Atônito, meu pai tentou nos separar e minha mãe, ouvindo a gritaria, se juntou a nós.

— O que é que está acontecendo aqui, agora? — perguntou ela, sem entender coisa alguma.

A cena era patética. Eu e Lígia brigávamos furiosamente agarradas uma à outra, enquanto nossos pais tentavam nos separar, aumentando ainda mais a confusão de braços, pernas e palavras.

Um verdadeiro escândalo familiar. Gritávamos todos, nos defendendo, nos condenando, nos ofendendo, nos buscando, até ficarmos vazios. Foi uma cena ainda mais triste do que aquela que registrou a partida de meu pai, pois deixava claro estarmos todos partidos. A família rompida expunha suas feridas.

Então, ajoelhados, esgotados, olhamos uns para os outros sem acreditar no que estávamos fazendo e, instintivamente, os gestos de defesa e de ataque com que nos arranhávamos e amassávamos nossas roupas foram se transformando num abraço que desenhou uma escultura tensa. Éramos um bloco, um cerco, um bolo, um rolo, uma incógnita, uma família. Em crise. Pessoas interligadas, capítulos de uma mesma história, reflexos de um mesmo espelho que se repartia e se multiplicava em novos e infinitos reflexos.

Assim, abraçados, choramos. Lígia chorou sua dor pela minha agressão física, eu chorei minha desilusão de amor, meus pais sua decepção pelo desfecho de sua história em comum. Choramos todos, até que tudo jorrasse de nós e nos secasse por dentro, abençoada e definitivamente.

Exaustos, apoiados nas paredes, corpos e almas no chão, depois de alguns minutos de silêncio e incredulidade, ouvimos a voz embargada de mamãe:

— Pra mim, chega! Chega e chega! Por que não vão todos embora? Por que não desaparecem? O pai foi o primeiro. Quem vai ser a próxima?

— EU — Lígia falou, com voz firme, enquanto tirava a mão do ferimento no rosto e a estendia para exibir uma aliança. — Eu sou a próxima a sumir daqui. Eu e o Rubens ficamos noivos. Era esse o assunto importante que eu tinha para falar.

— Você e o Rubens o quê?— meu pai perguntou, pondo-se de pé no corredor, de um salto. — Noivos, com um namorico de dias, meses? Que história é essa de "ficamos noivos", Lígia?

Parte III

Certas noites a gente não devia voltar para casa e jantar com a família. Melhor seria ir direto de uma escola para outra, de um curso a outro, emendar mil compromissos e ignorar o fato de que tínhamos prometido chegar em casa cedo para compartilhar uma surpresa.

Se eu soubesse disso, teria inventado uma prova de sânscrito, um passeio a Marte, um compromisso na Lua e não teria voltado ansiosa para saber afinal o que mamãe estava planejando nos contar ou oferecer.

Devia ser mais do que uma nova e caprichada receita, pois mamãe ultimamente não andava interessada em nos seduzir com seus dotes culinários. Se ainda papai estivesse em casa, vivendo com a gente, talvez ela se animasse a passar horas cozinhando como antigamente. Ela amava cozinhar. Mas sem a presença dele, o prazer de uma refeição em família parecia ter acabado.

No entanto, se eu soubesse o que ela andava tramando... Mas não sabia. E, não sabendo, fui. Apressada, me despedi dos colegas do curso de inglês e fui para casa, sem nem mesmo procurar a Lígia que há tempos não voltava comigo. Voltava da escola com o Rubens, chegava na escola com o Rubens, só falava sobre o Rubens e vivia para ele dentro de uma rotina que eu achava simplesmente ridícula e que ela exaltava como se estivesse vivendo algum tipo de paixão. Não era. Não podia ser.

Rubens. Para a minha família e sob todos os pontos de vista, era um bom partido. Situação estável, solteiro; boa aparência, solteiro; boa conversa, solteiro; bom partido e solteiro. Só isso. Mamãe, claro, diria tudo isso!

Da janela do ônibus, no cruzamento da avenida, vi a *pick-up* cinza irritantemente familiar: a nova e tão comemorada aquisição de Rubens. Média, como tudo que se referia a ele. Ele devia ter ido buscar a Lígia na aula e, agora, os dois deviam estar indo para a minha casa — sem me oferecer carona — o que significava que eu compartilharia a aguardada surpresa com eles também.

Desci no ponto mais próximo do meu prédio e, enquanto caminhava, vi o carro de Rubens já estacionado, evidenciando a vantagem de se ter uma condução própria. Logo adiante, estava o carro de meu pai. Apertei o passo prevendo algum acontecimento funesto, pois dificilmente ele aparecia em casa num dia de semana, especialmente àquele horário. Ou algo ruim estava acontecendo, ou a surpresa também era para ele. Fiquei em estado de alerta.

Ao sair do elevador, pude ver a porta do meu apartamento aberta. Ouvi vozes, música, agitação. Parei na soleira da porta. Sem estar dentro nem fora — mas com vontade de sair voando — , me deparei com os pais de Rubens, e à medida que as minhas pernas meio entorpecidas, iam me fazendo entrar, passei também pelos seus irmãos. Atrás deles, vi a sala de jantar iluminada e a mesa enfeitada como há tempos não acontecia.

Foi papai — sempre ele — que me recebeu de braços abertos, dizendo:

— Que bom que você chegou, Flávia. Estávamos esperando por você.

Não preciso recordar aquele jantar para sentir brotar em mim um turbilhão de sensações contraditórias, estranhas e perversas. Senti raiva, inveja, ódio, numa mistura efervescente e transbordante. Eu era a única que não sorria quando pai e filho, — mal havíamos nos acomodado em nossos lugares à mesa —, ergueram seus copos de vinho e, voltando-se para meu pai, fizeram o pedido de casamento, oficializando o noivado de Lígia. Assim, o que antes parecia ser apenas uma brincadeira de namoradinhos, aliança de brinquedo, virou coisa solene e permanente. Estavam falando de casamento. De até que a morte os separe. Coisa séria.

Eu, que nem mesmo tinha o Julinho como um provável namorado, olhava para os lados e me via sozinha. Não havia ninguém para me consolar ou reparar na minha presença. E isso não era justo pois eu e Julinho, sim, tínhamos vivido uma paixão. Por que, então, estaria a Lígia sendo premiada se o que ela merecia era o mais cruel dos castigos? Não bastava ter exibido a minha carta, meu mais profundo e íntimo desabafo implorando pelo amor de Julinho? Será que já tinham esquecido do quanto ela me confrontava e feria só para mostrar que era superior e estava feliz? Tinham esquecido o tanto de pressão e de crítica que precisei suportar cada vez que ela me denunciava?

Se eles tinham esquecido, eu, ao contrário, lembrava de cada segundo, de cada detalhe, de cada maldade, podendo recapitular a história inteira para quem quisesse, a qualquer momento. Portanto, o único sentimento que me inspirava a comemoração daquele noivado era uma enorme vontade de acabar depressa com toda aquela alegria.

E foi o que eu fiz, obedecendo a um impulso incontrolável.

1

> "Ainda nas tramas do tecido, fugindo dos olhares que a desaprovavam, Marama caminhou na direção dos rochedos, enfrentando chamas que saíam das entranhas da terra. Desafiante, atravessou muralhas de fogo. O calor a atingia, a fumaça a asfixiava, mas ela não deu nenhum suspiro."

Depois daquele mais que intenso incidente familiar, quando nos atracamos e nos atacamos no corredor do apartamento, ainda que eu me sentisse um pouco aliviada com a descarga do choro emocionado que tivemos, me senti ainda mais inquieta e precisei ser muito franca para admitir que, agora, o meu desconforto não era apenas pela ausência de Julinho. Havia uma outra causa: o anunciado noivado de Lígia.

Afinal, que noivado era aquele, comunicado assim, depois de acontecido? E, pior, combinado entre os dois, às escondidas? Lígia parecia segura e disposta a sair de casa de qualquer maneira. Apaixonada ou não — ela alegava que sim — aquele noivado mais parecia uma saída estratégica para fugir o quanto antes do caos que estávamos vivendo em casa. Não podia culpá-la, mas também não pretendia admitir isso abertamente. Durante dias, Lígia exibiu a marca do arranhão no seu rosto como atestado da minha insanidade e o nosso já conturbado relacionamento definitivamente piorou.

Aquela notícia de noivado entalou na minha garganta, agarrada ao bolo da minha frustração pessoal. Era uma dose muito forte para digerir a seco saber que eu continuaria sendo crucificada por causa do que eles chamavam de 'meu caso', enquanto a Lígia se tornava a grande atração vivendo o que eu chamava de "mesmice".

Por querer mais do que uma vida previsível, eu tinha sido marginalizada. Como alguém podia evoluir assim?

Que o mundo ficasse contra mim em se tratando de Julinho, eu até podia aceitar. Mas o destino querer hastear uma bandeira em honra e glória da Lígia bem no momento mais difícil da minha vida era demais para a minha pouca santidade. Sendo assim, ideias terríveis começaram a me instigar a fazer coisas estranhas que, em princípio, eu não queria, mas logo depois me seduziram.

Minha sempre fértil imaginação entrou em ação e uma voz interior, insistente e dominadora, passou a falar em meus ouvidos, de modo que me surpreendi, mais tarde, executando muito daquilo que ela sugeria. Mais do que sugerir, a voz ordenava que eu agisse. E assim, excitada, certa manhã pulei da cama para o banho, do banho para o café, e do café para a rua, disposta a realizar a minha primeira tarefa: comprar munição para uma represália.

Com uma lista cuidadosamente preparada e algum dinheiro, fui até a papelaria e voltei para casa armada até os dentes de papéis, canetas, envelopes, selos, tintas spray, além de vários cartões telefônicos. Levei tudo para o meu quarto e lá me tranquei durante horas.

À noite, boa parte do que eu tinha idealizado estava pronto e cuidadosamente escondido. Eram cartas e bilhetes ofensivos e anônimos, digitados e ilustrados com recortes de revistas, nos quais escrevi muita tolice, fiz acusações pesadas e apelei para um vocabulário vulgar que nem eu mesma sabia possuir. E por estranho que pudesse parecer, realizei minha tarefa com uma alegria e uma disposição que não sentia há tempos.

Depois de confirmar os endereços e preparar os envelopes, relaxei satisfeita, já antevendo os resultados sinistros da minha vingança. Se Julinho, com seu desprezo e Lígia, com sua arrogância, queriam travar um combate, saberiam muito em breve com quem estavam lidando.

Na manhã seguinte, saí com boa parte da munição em punho para iniciar minha guerra particular. Meu primeiro destino era a agência de correios onde deixei um número de cartas anônimas suficiente para provocar uma boa explosão. Outras seriam enviadas mais tarde. Assim, minhas vítimas receberiam meu remédio amargo em doses homeopáticas, prolongando o meu prazer.

Feito isso, passei ao meu segundo plano e, aproveitando a escuridão da noite, usei a tinta spray para escrever, na calçada e no muro da casa de Salete, uma declaração de amor bastante comprometedora, identificando claramente o seu destinatário.

Depois que as primeiras operações foram realizadas com sucesso, me concentrei nas ligações telefônicas que consistiam em deixar recados insinuantes nas caixas postais de Julinho, bem como outros mais indecentes, com informações interessantes sobre sua recatada noivinha, na caixa postal de Rubens. Assim como as cartas, que foram muitas, esta tortura telefônica seria realizada em doses homeopáticas para ser saboreada e digerida lentamente.

Claro que a minha vingança não podia excluir a Salete que, por sua vez, recebeu uma carta que não só contava sobre o meu namoro com Julinho como, com requintes de crueldade, fazia descrições do nosso tórrido romance que a deixariam sem fôlego por um bom tempo. Esta carta mais a declaração pintada na fachada de sua casa certamente a convenceriam de que eu não estava delirando quando falava do seu idolatrado tio.

A única poupada, neste primeiro bombardeio de cartas e ligações tinha sido a Lígia, que segundo meus planos, continuaria por algum tempo desfilando sua alegria com inocente superioridade, para que o seu tombo fosse ainda maior quando se visse atingida pelo efeito das cartas enviadas a Rubens.

Depois de distribuir alfinetadas fartamente, me senti tão leve e radiante que me arrependi por não ter pensado em fazer isto muito antes. Talvez assim tivesse poupado muita lágrima e ressentimento, já que este recurso parecia ser muito mais eficaz para chamar a atenção de Julinho do que as minhas eternas cobranças.

Guerra aos inimigos! Estava, enfim, aberto o meu poço de maldade. Flavinha, a bruxa, entrava em ação, deixando reis, rainhas, príncipes, cavalos e o que mais encontrasse pela frente completamente abalados. E uma vez começada esta guerra, foi difícil, bem difícil, parar.

2

> "Fugindo das chamas, Marama conseguiu chegar ao vão sombreado e seco formado pelos rochedos. Lá, sentindo-se mais segura, enxugou o suor da face, respirou a plenos pulmões um ar mais fresco e ouviu ao longe uma voz que lhe encheu de esperança."

A única vantagem do inesperado noivado de Lígia foi o fato de manter tanto ela quanto mamãe ocupadas e entretidas com outras coisas que não fosse Julinho, de modo que passei a viver o meu inferno particular sem tanta interferência. Um inferno que, com minhas novas atividades, estava um pouco mais divertido mesmo que essa diversão não cicatrizasse minhas feridas.

Papai não aceitou a novidade de Lígia tão facilmente. Conversou com o pai de Rubens, argumentou sobre a pouca idade dela, mas o outro, feliz com a escolha do filho, fez meu pai entender que um noivado prematuro não implicava num casamento apressado. Para ele, o noivado contribuiria para o amadurecimento do filho e seu início de carreira. Mais calmo, papai concordou que fosse então sacramentada a decisão dos dois sem pompas, circunstâncias, nem alardes e num futuro próximo. E, com isso, ganhou tempo para digerir a novidade.

O noivado, assim, foi anunciado para alguns amigos como Virgínia, grande amiga de mamãe, que nos visitou num domingo à tarde.

Além de bastante familiarizada com os acontecimentos lá de casa, Virgínia, psicanalista, era perita em analisar o comportamento alheio e, por hábito ou por gosto, foi o que começou a fazer, cinco minutos depois de ter chegado e se instalado no sofá da sala de visitas ao lado de mamãe.

Eu estava assistindo televisão na saleta ao lado e não prestei atenção na conversa das duas até o momento em que minha mãe alterou seu tom de voz. Aí, agucei meus ouvidos e percebi que Virgínia justificava minhas atitudes, enquanto mamãe me censurava e se perguntava como era possível que eu sofresse tanto por uma pessoa que nem sequer lembrava da minha existência.

— Mas veja só quem fala! — Virgínia reagiu. — Parece que eu já vi você fazendo exatamente a mesma coisa, Selma! Ou será que esqueceu que quase morreu quando o Leandro foi embora?

— É diferente, Virgínia, completamente diferente — mamãe argumentou. — O Leandro era casado comigo há dezoito anos e nós tínhamos planejado a nossa vida juntos.

— Ter planejado a vida junto não o torna um devedor.

— Tudo bem, Virgínia, mas você também não queria que eu ficasse indiferente!

— Claro que não, Selma. O que estou dizendo é que, resguardadas as proporções, tanto você como sua filha agem da mesma maneira: sem um homem por perto, acreditam perder o valor.

— Você acha que eu reforço a idéia machista de que mulher é dependente e incapaz. Mas seja trocada por outra e depois venha conversar comigo, Virgínia! Já diz o ditado: pimenta nos olhos dos outros...

— ... arde, sim — Virgínia a interrompeu. — Sou mulher e não gosto de ver nenhuma das duas se desvalorizando, se anulando como se os homens fossem o centro de suas vidas e não vocês!

— Não queira me comparar com a minha filha, Virgínia. A Flávia apenas seguiu o exemplo do pai. Pensou ter encontrado o príncipe encantado, assim como o pai pensa que encontrou a bela adormecida! Se quer fazer comparações, compare a Flávia com o pai, não comigo!

— Pois eu acho que a Flávia se reflete nos dois. Por um lado, tentou ser feliz através de uma grande paixão — herança dele; mas também acredita que depende desta paixão para ser feliz — herança sua.

— Virgínia, filhos seguem exemplos. O pai deu a receita e ela copiou.

— E que exemplo você pensa dar agindo como se tivesse sido descartada? Sua filha está se sentindo assim também!

— Fui descartada porque o Leandro entrou em crise por causa da idade. Como não aceita envelhecer, quis provar que podia conquistar alguém mais jovem.

— Todo mundo adora se espelhar na admiração dos outros, Selma.

— Crise de idade, Virgínia. Nada mais do que isso.

— Não sei o que aconteceu com o Leandro, Selma, mas de fato, hoje em dia, ser mais velho e experiente parece não atrair mais ninguém.
— E desde quando ser velho interessou alguém, Virgínia?
— Houve um tempo em que os jovens queriam aparentar mais idade, vestiam-se como os mais velhos, usavam chapéus e bigodes e, com ar reservado, discutiam política e arte. Os filmes antigos retratam bem isso. Hoje, ao contrário, nós é que copiamos roupas e atitudes dos jovens, como se fôssemos eternos adolescentes.
— Não generalize, Virgínia.
— Não devo generalizar, mas olhe ao seu redor e comprove. De um lado, a adolescência se prolonga indefinidamente e, de outro, algumas pessoas mais velhas nem gostam de admitir que estes anos vividos a mais nos garantem algumas marcas, mas também experiência. Perdemos os limites do que é ser jovem ou adulto.
— Esta deve ser a nova versão do conflito de gerações que sempre existiu, Virgínia.
— É mais do que isso, Selma. Antes, os pais prescreviam fórmulas para os filhos porque acreditavam nelas. Elas nem sempre funcionavam, mas serviam ao menos como referências. Hoje, não temos parâmetros que possamos seguir com segurança.
— Tudo mudou muito mesmo, Virgínia. Mas esta é apenas uma das confusões que estamos vivendo aqui em casa.
— A sua confusão é muito simples de resolver, Selma. Você só precisa acreditar que seu valor continua o mesmo, com ou sem um companheiro.
— Não é o que a vida está me mostrando.
— Selma, você é melhor que qualquer estereótipo de mulher que tenham inventado. Não pode deixar que outra pessoa seja responsável pela sua vida.
— Se os outros não são responsáveis, demos azar, amiga, pois teve alguém que andou fazendo muito estrago por aqui.

Não sei como essa discussão acabou e não cheguei a entender se a minha experiência era diferente da vivida pela minha mãe, como dizia meu pai, ou se muito parecida, como alegava Virgínia. O que sei é que Virgínia tinha falado em reflexo, palavra que me levou de volta ao espelho em que me vi refletida no teto do quarto de motel e a minha atenção escapou e percorreu outros caminhos.

Se eu sabia tão bem quem eu era e o quanto queria estar com Julinho, por que, deitada naquela cama, eu me sentira tão estranha? De quem era aquela atitude?

Pelo que eu tinha entendido, tudo era reflexo. Repetimos modelos que recebemos prontos, quase inconscientemente, e embarcamos na imagem que todos esperam de nós. Mas se tudo era um espelho, se bastava apenas copiar modelos, por que era tão complicado?

Virgínia comentara algo sobre isso também. Disse que os comportamentos mudam e muitos dos espelhos já não servem mais como modelos. Daí, tantos tombos e desacertos. Daí, também, todas as gerações estarem confusas.

Mas, como somos responsáveis pelas nossas atitudes, não podemos culpar os outros pelos nossos fracassos. Por isso Virgínia dizia que eu não podia deixar Julinho definir a minha vida. Como se fosse um espelho, eu estava me olhando a partir do valor que Julinho me dava. Através dele, eu via o meu reflexo. Sem ele, nada mais vi.

O mesmo tinha feito minha mãe. E aí estava o nosso ponto em comum.

Tentando alinhavar estas idéias na cabeça, acabei adormecendo diante da televisão ligada. Sonhei com espelhos.

Eu estava num salão imenso, muito iluminado e inteiramente revestido de espelhos que refletiam a minha imagem sob todos os ângulos possíveis. Eu me movimentava diante deles, seduzida pelo meu reflexo, quando um homem entrou e ameaçou me bater com um bastão de madeira. Ao executar o movimento, porém, golpeou os espelhos, quebrando-os, sem que com isso os estilhaços se soltassem das paredes. Só a minha imagem se partiu.

3

> "Marama ouvia a voz distante, quando se deparou com o quadro multicolorido que a madrasta tecera e percebeu que algo nele se movia: um grande pássaro partia. Batendo asas, despetalou flores, derrubou folhas e fez voar seu bando em retirada, perturbando a ordem que reinava."

Acordei na frente da TV sintonizada num programa qualquer. Já estava escuro. A luz da sala apagada deixava o foco iluminado da imagem jorrando intensamente sobre o meu rosto e a incômoda claridade me fez acordar.

Acordar, aliás, era algo que eu precisava fazer urgentemente, já que passava a maior parte do meu tempo perdida em devaneios ou idealizando vinganças. Ora achava que devia insistir nelas e seguir fundo, ferindo quem se aproximasse de mim, ora admitia deixar que cada um vivesse em paz. No entanto, não conseguia parar de escrever cartas, tentando atingir tanto Julinho quanto Lígia, num processo desgastante que não me levava a lugar algum.

Apesar desta minha paranoia e da vontade de importunar todos eles, eu sentia uma culpa que me perturbava. Comecei a me julgar, me condenar e a não gostar do que via em mim. Eu agia na surdina e sem testemunhas, como se fosse outra pessoa ou tivesse uma personalidade dupla e duvidosa. Se antes eu era franca e transparente, agora agia às escondidas, sempre antecipando justificativas para o caso de ser apanhada em flagrante e isso me obrigava a viver em constante sobreaviso. Mas, por absurdo que fosse, eu não conseguia parar. Como um vício, as cartas e os trotes, além de virem por impulsos incontroláveis, me davam prazer e dor ao mesmo tempo.

Um dia, admiti precisar de alguém que me ajudasse e pensei em me abrir com Virgínia. Apesar de ter a idade dos meus pais, ela via tudo com mais abertura e parecia compreender melhor do que eu mesma o que havia acontecido comigo. Tudo o que eu precisava era encontrar coragem para me abrir, contar os absurdos que vinha cometendo, sem o receio de ser julgada e condenada.

Estava sozinha. Minhas amigas continuavam afastadas, ainda acreditando que eu tinha vivido uma ilusão. A convicção delas era tão grande que eu não sabia se um dia as cartas que mandei para a Salete ajudariam a desfazer o equívoco, ou apenas agravariam a minha falta de credibilidade.

Eu não queria falar com meus pais e Lígia estava fora de cogitação. Ela andava sobre nuvens, feliz com seu romance médio com um dentista médio, de futuro médio. Era natural, portanto, que ao ouvir os comentários solidários de Virgínia, eu tivesse pensado em me abrir com ela, ainda que fizesse um esforço enorme para acreditar que, como profissional, ela jamais revelaria a minha mãe meus desabafos.

Com a cabeça cheia de dúvidas, me perguntava se Virgínia seria uma opção acertada, se ainda conversaria comigo como muitas vezes tinha feito quando eu era menina e ela me presenteava com livros cujas imagens coloridas tinham ficado registradas para sempre em minha memória.

Virgínia era fascinada por contos de fada e passou para mim esta paixão. Conversávamos bastante sobre eles. Depois, ao se tornar psicóloga, seguiu esta linha de estudo e especializou-se no assunto. E era esse seu dom de interpretar a vida como uma história fantástica que me levava a crer ser ela a pessoa indicada para me ouvir, pois minha história era também mágica. Num primeiro momento, senti na pele essa magia. Depois, o encanto se perdeu e eu me vi num bosque sombrio e cheio de obstáculos. Precisava, agora, encontrar uma saída.

Comentei com a minha mãe sobre a minha intenção e ela, apesar de estranhar, concordou, esperando que a amiga tirasse definitivamente Julinho da minha cabeça e do meu caminho. Assim, liguei para Virgínia e combinei de fazer visitas semanais ao seu consultório, sempre com a garantia de que, caso eu desistisse, ninguém voltaria a falar em terapia. Muitos juramentos também foram exigidos para que ela e minha mãe respeitassem a minha privacidade.

Ao decidir pedir ajuda, eu estava assinando comigo mesma um pacto, pois não suportava mais minhas saídas clandestinas em busca de telefones e caixas de correio. Cartas anônimas ou trotes telefônicos jamais tinham me proporcionado algum tipo de diversão, portanto, meu novo comportamento me levava a suspeitar de que eu estivesse, de fato, emocionalmente abalada.

4

> "A voz distante que Marama ouvia pertencia a uma fada generosa que conhecia muitos dos caminhos da floresta e muito sobre príncipes e seus caprichos. Com doçura, ela explicou que Marama não poderia caminhar sozinha enquanto não tivesse um pilão que fosse seu. Apenas seu."

Dias depois, entrei no consultório de Virgínia como se fosse a primeira vez. Não era. Mas a sensação de estar consultando profissionalmente uma pessoa que frequentava a minha casa me parecia muito estranha.

A secretária sorriu e me mandou esperar, Virgínia estava terminando de atender um cliente. Sentei e observei tudo em volta, procurando atiçar os ouvidos para saber se era possível escutar a conversa que acontecia atrás da porta fechada, decidida a dar meia volta e sair dali caso ouvisse o menor ruído.

Enquanto eu analisava cada detalhe da decoração aconchegante, senti que a secretária me observava com a mesma curiosidade. Tentei imaginar se, só pelo fato de eu estar ali, ela me acharia louca e fiquei curiosa (e também furiosa) por saber que a pessoa que estava na sala forçosamente passaria por mim ao sair. Era constrangedor ser identificada na ante-sala de um consultório desses. Era o mesmo que assinar um atestado de insanidade.

Um ruído forte interrompeu meus pensamentos e logo Virgínia apareceu na minha frente sorrindo e, para a minha surpresa, sozinha. Logo que entrei no consultório pude ver que os pacientes saíam por uma outra porta, fato que me convenceu definitivamente da sensibilidade que eu tinha detectado em Virgínia.

Tudo lá tinha um aspecto acolhedor, limpo e agradável. Até o cheiro, apesar de não ser familiar, era envolvente como o de um território seguro.

Os vasos, colocados em lugares estratégicos, exibiam plantas absolutamente saudáveis. Não havia uma folha seca, caída ou sem brilho. As poltronas eram fundas e macias. Um verdadeiro colo que me convidava a ficar. Quando dei por mim, estávamos em franco bate papo.

Comecei pelo que me parecia ser mais importante: a presença forte de Julinho em minha vida e, depois, o vazio insuportável da sua ausência.

Contei desde o instante em que nos vimos pela primeira vez, a explosão da paixão, o carisma, o envolvimento, o caminhar sobre nuvens. Tudo mágico, novo, inesquecível. Depois, uma separação brusca, a filha doente, um namoro frio, uma história desacreditada por todos. Um desespero só.

À medida que eu contava o que tinha vivido com ele, minhas emoções renasciam, alternando riso e lágrima, dor e alegria. Falei, falei muito, até sentir a alma vazia e triste ao me dar conta do muito tempo que eu estava sem notícias.

Depois falei sobre a minha mãe, a pessoa que mais duvidava de Julinho, a que mais contestava e detestava minha história. Éramos diferentes como água e vinho e a única certeza que eu tinha naquele momento é que nada que fosse bom para ela seria para mim. Eu desejava uma vida exatamente oposta à dela.

Virgínia pouco falou. Deixou que eu me abrisse à vontade e livremente, sem conduzir minhas palavras e sem deixar que a expressão de seu rosto pudesse revelar seus pensamentos. Não parecia discordar de nada. Nem concordar tampouco. Por fim, consultou seu relógio e me deu a entender que o que eu tinha dito era suficiente para um primeiro encontro.

Quando nos levantamos, perguntou como eu estava me sentindo.

— Bem — respondi. — Nem melhor, nem pior do que quando entrei.

— O fato de se expor não a aborreceu?

— Não. Acho que agora estou querendo falar sobre isso. Se fosse antes...

— Eu entendo, Flávia. Gostaria de começar exatamente neste ponto com você na próxima semana: as diferenças entre você e sua mãe.

— Todas. Não precisamos discutir sobre isso.

— Não é bem isso... — Virgínia sorriu. — Você lembra da história de Marama?

— A menina sem mãe? Claro que lembro! Durmo com aqueles livros sobre a cabeceira da cama.

— Você leu algum deles recentemente? Lembra-se dos contos?
— Não. Lembro de trechos de todos eles. Na minha cabeça, os personagens se embaralharam como se fossem de uma história só.
— Pois eu sugiro que você releia algumas delas. Comece com o conto de Marama. Vai ser bom para o nosso próximo encontro.
— O que o conto de Marama tem a ver com isso, Virgínia?
— Tudo e nada. Os contos possuem uma simbologia que nos ajuda a interpretar a vida.
— Com eles vou descobrir qual animal represento? — tentei brincar.
— Os contos são antropomórficos, Flávia. Seus animais não representam os instintos dos animais, mas nossos instintos animais — Virgínia ensinou, enquanto abria a porta que me conduzia à saída secreta.

5

> "Depois de encontrar a fada, Marama voltou ao rio para refrescar-se. Ajoelhada em sua margem, surpreendeu-se com a própria imagem refletida que se esparramava em círculos a cada gota que caía de suas mãos em concha. Atrás de si, os rostos que a perseguiam projetaram uma enorme sombra e levaram Marama consigo num mergulho profundo até as pedras."

Não consegui entender o que os contos de fada teriam a ver comigo e quase me aborreci achando que Virgínia não tinha levado a minha história de amor a sério. Pretendia ela me analisar como uma criança impressionada? Será que não percebia o quanto eu tinha crescido? Que eu estava falando sobre um amor adulto e verdadeiro?

Pensei em desistir da terapia já na primeira sessão, arrependida por ter contado tantas coisas pessoais a Virgínia. Mesmo assim, ao entrar no meu quarto, a primeira coisa que fiz foi procurar nos livros o conto de Marama. Quando dei por mim, já estava relendo-o, completamente entretida.

Marama e o rio dos crocodilos
(conto africano)

Era uma vez...

Marama era uma menininha e, quando seus pais morreram, o chefe da tribo a entregou aos cuidados de uma das mulheres da aldeia.

Mas era uma mulher má, que batia na menina, não lhe dava nada para comer e só pensava em como se livrar dela. Um dia, ela deu a Marama um pilão pesado, que se usa para descascar arroz, e lhe disse:

— Vá ao rio dos crocodilos Bama-Bá e lave este pilão para eu poder usá-lo para descascar o arroz.

— Marama se pôs a chorar, porque o rio era muito afastado, era muito profundo e caudaloso, cheio de cobras e crocodilos. As pessoas tinham medo de ir até lá e só as gazelas e os leões iam lá beber.

Porém, Marama tinha tal medo de sua madrasta ruim, que pegou o pilão e foi-se embora.

No caminho para a floresta ela encontrou um leão. Ele sacudiu sua juba e rosnou com uma voz horrível:

— Como você se chama e para onde você vai?

Marama estava com medo mortal, mas cantou com sua doce voz:

— Marama é meu nome e não tenho mãe... Vou ao rio para lavar este pilão. Ao rio dos crocodilos minha madrasta me mandou. Lá só vão gazelas e leões para beber. Lá dormem cobras e crocodilos.

— Então vá, Marama, menina sem mãe! — disse o leão. — Vá e não tenha medo. Vou cuidar para que as gazelas e os leões não incomodem você quando forem beber.

Marama continuou seu caminho e, quando chegou ao rio, um crocodilo horrendo e velho surgiu na sua frente, abrindo sua enorme boca, seus grandes olhos vermelhos lhe saindo da cabeça.

— Qual é o seu nome e para onde você vai?[2] — perguntou.

Marama estava com medo mortal, mas cantou com sua doce voz:

— Marama é meu nome e não tenho mãe... Vou ao rio para lavar este pilão. Ao rio dos crocodilos minha madrasta me mandou. Lá só vão gazelas e leões para beber. Lá dormem cobras e crocodilos.

— Então vá, Marama, menina sem mãe! — disse o crocodilo. — Lave seu pilão e não fique espantada. Vou cuidar para que as cobras e os crocodilos que vivem no rio não incomodem você.

Marama ajoelhou-se na beira do rio e começou a lavar o pilão. Mas, estava tão pesado, que lhe escapou das mãos, desaparecendo na água. Marama começou a chorar, porque não poderia voltar para casa sem o pilão. De repente, surgiu da água um crocodilo que lhe estendeu um novo pilão, limpinho e branquinho, incrustado de ouro e prata.

— Leve este pilão para casa, Marama, menina sem mãe, e mostre-o a toda aldeia, a fim de que todo mundo saiba que o poderoso Subara, rei do rio dos crocodilos, é seu amigo.

Marama lhe agradeceu e voltou para casa. No caminho, encontrou de novo o leão.

— Deixe-me pegar o pilão, Marama, menina sem mãe — disse ele.

— É pesado demais para você. Vou levá-lo até sua casa, assim todo mundo vai saber que o poderoso Subara, rei do rio dos crocodilos, é seu amigo.

Quando Marama chegou em casa, a madrasta admirou muito o pilão e lhe perguntou onde o havia encontrado. Marama apenas lhe contou que o tinha encontrado no rio dos crocodilos. Então a madrasta pegou outro velho pilão de arroz e foi-se apressada para o rio, a fim de ela também encontrar um novo, branquinho e incrustado de ouro e prata.

No caminho para a floresta, encontrou-se com o leão. Meneando a juba, ele rugia com voz terrível:

— Quem é você e para onde você vai?

A mulher má teve tanto medo, que não conseguiu dizer uma palavra, pôs-se a correr a mais não poder. O leão a seguiu com seus olhos até ela desaparecer entre as árvores, e depois simplesmente levantou os ombros.

Quando chegou ao rio, um velho horroroso crocodilo lhe atravessou o caminho, abrindo uma enorme boca, seus olhos vermelhos e grandes lhe saindo da cabeça.

— Como você se chama e para onde você vai? — perguntou.

A mulher má teve tanto medo, que não conseguiu dizer uma palavra e foi pela beira do rio. Não foi muito longe. De todos os lados, os leões e as gazelas que vinham beber no rio a cercaram, assim como as cobras e os crocodilos que viviam no rio, e todos cantavam em coro:

— Marama, a menina sem mãe, pode vir lavar seu pilão no rio, pois o poderoso Subara, rei do rio, é seu amigo. Mas para você, mulher má, o rio dos crocodilos significa a morte!

E assim foi.

Reli o conto sem entender muito bem a razão de esta história tanto me seduzir quando menina e sem conseguir interpretar a mensagem cifrada que ele trazia. Mas depois da explicação de Virgínia, dias depois, uma nova história surgiu diante de mim.

— Como você interpretou a pergunta: Quem é você e para onde você vai? — foi a primeira coisa que Virgínia quis saber e a primeira que eu não soube responder por acreditar que o leão queria apenas saber com quem estava falando.

— É mais do que isso — Virgínia chamou minha atenção. — Marama, ao dizer para o leão quem é e para onde vai, tem a coragem de assumir a sua própria identidade e de aceitar-se como é. Daí ser premiada não apenas com a proteção do leão, mas também com um pilão incrustado de ouro e prata.

— Mas a madrasta não consegue isto.

— Não. Porque, sem coragem de assumir-se e aceitar-se, perde a confiança do leão. Na verdade, o leão apenas repete a antiga e enigmática pergunta das esfinges[1], para nos lembrar que só quem sabe quem é e para onde pretende ir pode vencer e chegar a algum lugar.

— Nunca tinha entendido a pergunta desta maneira.

— Numa leitura superficial, você não alcança mesmo toda a simbologia dos contos de fada, Flávia. Neles existem mensagens implícitas.

— Dê outro exemplo — pedi.

— Veja o fato de a madrasta ter ido até o rio com a única intenção de ganhar um pilão novo. Ao agir premeditadamente, visando um lucro, ela se frustra.

— Isso quer dizer que não é bom premeditar as coisas?

— Não é bom agir com segundas intenções, escondendo seus reais objetivos. Uma pessoa pouco confiável corre o risco de ser atacada pelos animais da floresta. E, claro, este "ataque" pode ser a consequência de nossos atos.

Assim, durante as conversas que tinha com Virgínia, as metáforas dos contos me ajudavam a entender a natureza humana. Além de ilustrar algumas coisas que, na teoria, pareciam complicadas, também me ajudavam a fazer associações com as minhas próprias atitudes. Então, entendi que, ao utilizar os contos para interpretar meu comportamento, Virgínia não menosprezava meus problemas. Apenas definia a linha de terapia que pretendia adotar comigo.

A atitude da madrasta de Marama, por exemplo, me levou a pensar na minha ida ao motel com Julinho. Premeditando tudo, eu tinha ensaiado poses e frases com o único objetivo de conquistá-lo, mascarando quem eu realmente era e como me sentia. Seduzi-lo seria o meu lucro, mas tudo o que consegui foi demonstrar a minha insegurança. E este tinha sido apenas um dos meus equívocos.

No conto, o pilão representava algo muito pessoal, por isso Marama não podia usar o da madrasta. Era preciso que ela tivesse um pilão apenas seu e que aprendesse a caminhar sobre as próprias pernas, segundo sua própria natureza.

Tanto quanto Marama, eu precisava me aceitar e me respeitar. Não podia pautar a minha vida segundo o pilão da minha mãe ou de qualquer outra pessoa, inclusive Julinho, em quem eu também tinha me escorado. Agindo assim, eu estava sempre colocando o meu valor fora de mim, por isso ele não se sustentava.

Como Marama, eu estava órfã. Mas órfã de referências, de valores que fossem meus. De atitudes que eu decidisse tomar, sem seguir fórmulas ultrapassadas ou que entrassem em conflito comigo. Era preciso, antes de buscar soluções fora, procurá-las dentro de mim mesma.

O mais importante agora era aceitar meus erros. Virgínia afirmava que nos contos — e também na vida — o "mal" oferece a chance de desenvolvermos nossa consciência. Só enxergando nossas falhas podemos reverter o processo para um caminho positivo. Só entendendo e aceitando o meu desequilíbrio eu teria condições de sair dele como estava tentando fazer agora. Além de tudo, era preciso levar em conta que a minha vida tinha passado por uma pequena revolução. Meu pai, ao sair de casa, tinha ruído parte do meu castelo, então, conheci Julinho e fiz dele meu ponto de apoio.

Pondo o meu valor pessoal nas mãos de Julinho, perdi meu amor próprio. Fiz mais: acreditei que o interesse e o encanto que ele demonstrava ter por mim, me tornavam apta para um relacionamento maduro, moderno. Era este o discurso que eu ouvia, mas não são os discursos alheios que nos fazem fortes e seguros de quem somos.

Com Julinho ao meu lado, pensei ter a vida sob controle. Custei a aceitar ser impossível prever as consequências de todas as minhas escolhas. Custei a admitir não poder controlar e manter os sentimentos dele por mim. Eu vinha fazendo uma porção de leituras precipitadas na minha vida e só com a ajuda de alguém que assistisse a tudo de fora e me mostrasse caminhos conseguiria sair daquele imenso labirinto.

Era o que eu e Virgínia tentávamos fazer, passo a passo.

6

"Depois de um tempo aturdida, Marama viu o fundo do rio com nitidez. Os rostos atemorizadores já não a seguiam e, por estranho que fosse, ela não sentiu medo quando o rei dos crocodilos lhe estendeu um pilão novinho, incrustado de outro e prata, dizendo: 'Aquele que tem um pilão sabe para onde ir. Este é o seu pilão, Marama, menina sem mãe. Leve-o sem,pre consigo e nada tema'."

Eu já estava no meu quarto encontro com Virgínia, quando tive coragem de lhe contar sobre as cartas, as ligações e as gravações comprometedoras que eu vinha fazendo como parte do plano vingativo arquitetado contra todos que, de uma maneira ou de outra, estivessem atrapalhando meu caminho.

À medida que eu falava, sentia uma vergonha enorme. Nada combinava comigo. Eu me censurava e não aceitava estar passando por aquela experiência, ser a autora daquelas loucuras.

Para minha surpresa, Virgínia não se abalou com o que eu disse, aceitando tudo como reações humanas compreensíveis. A censura era minha, somente minha, assim como seriam meus os danos que pretendia causar aos outros.

E o veredicto de Virgínia era o meu ponto de partida: assumir aqueles comportamentos como meus, sem me julgar. Para poder sair do poço em que eu tinha me enfiado, era preciso mergulhar até o fundo e enfrentar o que ali havia, por mais doloroso que fosse.

Tudo era muito simples e claro, Virgínia dizia:

— Quando não vemos uma saída racional, Flávia, recorremos aos recursos que temos, mesmo os mais estranhos. É natural, embora desagradável. E é um fato que você não pode fingir não ter visto.

— Mas, Virgínia — eu protestava. — Que maluquice foi esta a minha de provocar todos eles? Eu nunca fiz isso antes. Você me conhece!

— Eu acredito. Mas você também nunca passou por uma situação parecida. Na sua cabeça, tudo o que importava era recuperar o carinho de quem você ama, desafiar quem estava torcendo contra. Não queira racionalizar tudo o que você faz movida por impulsos e emoções, Flávia. Não é tão simples.

— Eu só queria entender quem é esta Flávia que de vez em quando me aparece.

— É a mesma Flávia de sempre. Fragilizados e inseguros não agimos com muita prudência. Mas não se culpe. Este seu comportamento, mesmo parecendo negativo, já representa um primeiro movimento para sair do conflito.

— E o que eu faço agora?

— Deixe as coisas como estão, por enquanto. Em certos momentos, não fazer nada é a melhor solução, Flávia, mas não fazer nada implica também em parar de uma vez com estas provocações.

— Não estou mentalmente doente, então?

— Claro que não. — Virgínia sorriu. — Você não fez nada que o mundo já não tenha visto, Flávia. Paixões, às vezes, nos tiram do eixo, mas também nos ensinam muito.

— Você acha que vou aprender com isso?

— Você tem duas possibilidades: aprender ou se condenar eternamente. Qual você prefere?

Não havia muito o que pensar sobre qual opção escolher. Eu tinha enfrentado uma crise difícil para a minha idade, e se não havia razão para culpas, havia a necessidade de crescer com tudo isso e reagir. Inverter a situação para algo positivo.

Isso equivalia a uma sentença importante: eu, Flávia, não seria condenada, pois não tinha cometido crimes ou pecados, mas apenas me perdido um pouco. Havia luz no fim do túnel. Havia esperança de reencontrar aquela Flávia de que eu gostava, desde que eu admitisse que a outra que eu achava tão estranha também me pertencia. Era meu lado sombrio que, acuado, sempre me surpreendia. Mas, e daí? Eu tinha acordado, estava buscando uma saída, estava me descobrindo, me reconhecendo e me aceitando. Metade do caminho — a parte mais difícil — eu tinha caminhado.

7

> "Ao receber seu pilão, Marama sentiu-se aliviada. Porém, aos poucos, o alívio deu lugar a muitas dúvidas e ao medo de que o encanto se quebrasse. Seguindo seus instintos, ela optou por uma das direções da floresta. Tinha decisões a tomar e aquilo a inquietava. No entanto, sabia que não podia parar, era preciso sempre e sempre seguir adiante."

Apesar da minha euforia diante daquilo que interpretei como uma absolvição de Virgínia, descobri mais tarde que eu mesma não me absolvia completamente. Vivia em altos e baixos, humores oscilantes, crises de culpa, choro e solidão. Sentia pena de mim. Pena por ter percorrido um caminho tão difícil para chegar a nada, pena por descobrir um lado meu de que não gostava, pena por Julinho ter me abandonado e, mesmo assim, eu ainda querer que tudo voltasse ao que era.

Racionalmente, tudo fazia sentido: ter depositado todas as minhas fichas em Julinho revelava minha insegurança; não aceitar sua partida, revelava o meu orgulho. Teorias, teorias, teorias. Na prática, eu ainda sofria.

Mas tudo era aprendizado, dizia Virgínia. As voltas que eu dava para compreender o que vivia não representavam um desperdício. O tempo gasto com isso, também não. Nem mesmo os devaneios e o sono que, a qualquer pretexto, me faziam sair de cena e me trancavam no quarto. Nos contos, o sono é reparador, um período necessário para restaurar a força do herói que, humano e limitado, precisa dormir no meio de suas conquistas. Mas o que, afinal, eu tinha conquistado?

Uma coisa apenas me parecia absolutamente clara: eu precisava mudar, deixar que a verdadeira Flávia crescesse e vivesse livremente. Para isso, muitos conceitos velhos tinham de ser abandonados. Não trancados, ocupando espaço. Eu precisava me esvaziar para deixar entrar o novo.

Com essa ideia em mente, comecei a me desfazer de tudo o que me recordava Julinho. Vasculhei gavetas, rasguei cadernos, apaguei arquivos, fotos, destruí lembranças, sentindo que junto com tudo aquilo ia uma parte de mim. Meu coração apertava. E fui além. Se jogar tudo fora simbolizava me desfazer do velho, um ato de sacrifício que me livraria das cordas que me amarravam, quis ir mais fundo nesta destruição. Então, peguei um balde de alumínio, fósforos e, na varanda do meu quarto, queimei meu passado mais recente e querido.

Devo ter chorado durante quase uma hora, já misturando arrependimento e saudade. A tarde morria e o silêncio crescia. Quis ouvir música triste, música de partida e de dor e, enquanto ouvia e chorava, caminhei pelo apartamento vazio. Da porta do quarto de Lígia, vi seu retrato sorridente ao lado de Rubens.

Lembrei do noivado que logo se tornaria público, oficial. Aliança. Elo, pacto, compromisso que eu jamais assumiria com Julinho. E, ao pensar nisso, com o coração aos saltos, lembrei que nós também tínhamos trocado algo muito pessoal. Então, corri de volta ao meu quarto que cheirava fumaça e despedida e procurei desesperada uma caixa onde tinha guardado o cabelo de Julinho. Aliviada por ter esquecido de queimá-los, olhei para aqueles fios castanhos que me mantinham presa ao passado enquanto a brasa das minhas lembranças ainda ardia na varanda. Antes que tivesse o impulso de atirá-los no balde, decidi escondê-los entre as roupas, na gaveta, na ilusão de que, assim, parte de Julinho permanecesse comigo para sempre.

Livrar-me de objetos que lembravam Julinho era um começo de mobilidade. Representava jogar fora minhas fórmulas mortas, meus reis envelhecidos. Sem querer, tinha esquecido dos fios de cabelo e este parecia ser agora meu único vínculo com Julinho: frágeis fios de cabelos.

Lígia tinha mais. Tinha uma aliança, um anel, círculo que define o que está dentro e o que está fora. E era um anel de ouro, metal eterno, tesouro que, mesmo enterrado, sobrevive a tudo. Lígia e Rubens estavam, portanto, dentro do círculo, o anel que simbolizava suas vidas.

Eu estava fora da vida de Julinho. Tinha, inclusive, sido expulsa por ele. Nosso elo era frágil. Como fios de cabelos. Mas cabelos, eu sabia, eram também mágicos. Se bem usados, transformavam-se em amuletos capazes de unir duas pessoas para sempre. O simples ato de cortar cabelos simbolizava um sacrifício, uma renovação, e era assim que eu tinha me sentido ao fazer aquele pacto com Julinho, mesmo que para ele aquele gesto não passasse de um jogo de sedução.

Talvez isso também explicasse a minha sede de vingança: eu me sentia enganada. As escolhas tinham sido minhas, tanto a de me apaixonar como a de enlouquecer. Meu orgulho, minha insegurança tinham escolhido o caminho. E, agora, no meio do labirinto, eu tentava encontrar uma saída.

Saída. Se a minha vida fosse um conto de fada, um príncipe herói me apontaria um caminho certo e seguro. Porém, meu falso príncipe tinha descido do cavalo, ainda no começo da história, afirmando que eu não era uma princesa e, por isso, precisaria andar sozinha pela floresta escura e me perder no labirinto muitas vezes.

E foi assim, perdida, que andei entre os convidados de minha mãe naquele jantar de noivado de Lígia, sem compartilhar da alegria deles. Aquele ritual todo me feria, me fazia lembrar de coisas que eu não tinha sabido conquistar. Rubens podia ser o avesso daquilo que eu sonhava, mas era o príncipe que caminharia com Lígia para algum destino. E ela sorria um sorriso interminável que me atingia fundo. Era uma felicidade assim rasgada, grande demais para eu suportar.

Destoando daquele alvoroço feliz e mesmo sabendo que pessoas civilizadas controlam seus instintos, não resisti quando vi mamãe entrando na sala carregando seu próprio orgulho e o bolo. Ambos enormes. Então, no auge da comemoração, quando as alianças estavam prestes a serem trocadas, as fotos tiradas e os noivos abençoados por muitos discursos familiares, fingi desmaiar agarrada à toalha de renda. Finquei meus dedos em seu centro e a puxei com força enquanto ia me estirando no chão, levando comigo tudo o que havia sobre a mesa, vítima de um mal súbito que estragou o melhor da festa.

Os noivos queriam um noivado inesquecível? Pois dei a eles minha gentil contribuição.

sonia salerno forjaz

Parte IV

Certas madrugadas a gente devia ficar quieta no quarto, indiferente a tudo e a todos. Mergulhados em sono profundo, completamente imóveis. E, se o telefone tocasse, não ouvir. E se alguém nos chamasse, ignorar. E mesmo sob pressão, não ceder.

Se eu soubesse de tudo isso, teria ficado completamente imóvel, muda, sem reação alguma. Mas como eu não sabia, reagi ao toque estridente e resmunguei, sonolenta, quando Lígia avisou que alguém queria falar comigo ao telefone. Ainda ouvi mamãe comentando sobre o horário impertinente — era meia-noite —, quando murmurei um alô desafinado.

Do outro lado da linha, um silêncio comprido, depois a voz familiar:

— É você, Flavinha?

Fiquei muda e, então, ouvi de novo:

— É você, Flavinha? Se não puder falar agora, apenas me ouça. Preciso falar com você. Urgentemente. Enquanto não esclarecer algumas coisas, não terei paz. Passo no seu curso de inglês mais tarde. Assim que sair do colégio, vá para lá. Não falte, por favor. Precisamos conversar muito.

Continuei muda e sem reação. Foi mamãe que, muito intrigada com aquilo, pegou o fone da minha mão e tentou descobrir quem era, mas a ligação foi interrompida.

— Quem era a esta hora, Flávia? — ela olhou para mim, séria.

— Não sei.

— O que disseram?

— Nada. Não disseram nada.
— Então, por que esta cara de espanto?
— Porque estou morrendo de sono, mãe. Eu já estava dormindo quando a Lígia me chamou. Simplesmente, me acordaram e não falaram nada.
— Era homem ou mulher? — mamãe insistiu e eu nem ia responder, mas a Lígia, fez questão de berrar lá do quarto que era homem.

Todas nós voltamos para a cama, porém, não consegui mais dormir. Fiquei de olhos abertos, estatelados no escuro, cheios de curiosidade e surpresa. Meu coração batia descompassado e eu tremia, sem acreditar no que tinha acontecido. Depois de tanto tempo, de tanta insistência inútil, era chegada a hora de Julinho me procurar. Era, sem dúvida, a voz de Julinho. Como não reconhecer aquele timbre que marcava o encontro tão sonhado, exatamente quando eu começava a acreditar ser possível existir sem ele?

Eu vinha tentando, com muita dificuldade e alguma determinação, esquecer todo o episódio vivido com e por ele. Tentava me distrair, evitar pensamentos, conter meus impulsos de ligar e de buscar notícias. Tentava colocar em prática coisas que eu tinha aprendido com Virgínia. A mais importante de todas elas: me respeitar. E para isso precisava dar menos importância aos outros e muito mais a mim, ao meu modo de ser e de sentir. E ainda que o meu sentimento por Julinho fosse amor, eu precisava respeitar o meu modo de viver este amor, sem pressões ou imposições da parte dele, mesmo que isso tivesse o efeito de afastá-lo de mim como já tinha acontecido.

Eu estava me dedicando aos estudos, procurando me concentrar em outras coisas e quase não tocava mais nesse assunto com ninguém, especialmente com minhas amigas que, aos poucos, tinham voltado a conversar comigo. Mesmo assim, eu sentia que a nossa amizade já não era mais a mesma. Nada mais era igual. Eu, inclusive.

Procurava viver um dia após o outro sem ansiedades, como Virgínia tanto insistia. Com aquele telefonema, porém, um turbilhão de ideias passou pela minha cabeça despertando emoções que eu tinha sufocado e, imediatamente, idealizei um encontro que eu não sabia como rotular. Seria um encontro romântico? O que tinha acontecido para despertar nele esta urgência em me ver? Aonde ele me levaria?

Viajei no tempo, para trás e para frente, revivendo as emoções, mas adaptando os acontecimentos, aperfeiçoando-os, tornando-os mais e mais envolventes. Cheguei a planejar palavras e gestos que o acolhessem de braços abertos, sem queixas, para que ele, finalmente, declarasse que sentia a minha falta e me queria de volta para sempre. Para sempre. Por toda a minha vida, como previa a música.

Minha sofrida história de amor parecia prestes a ter um final feliz, mas era conveniente aguardar, esperar, conter a expectativa e a euforia. Deixar os louros para depois que a tão sonhada declaração de amor realmente acontecesse, pois, dentro de mim, uma voz teimosa gritava que a minha intuição não tinha falhado: Julinho ainda me amava.

Nem cogitei que Julinho pudesse estar à minha procura por causa das cartas. Para reclamar, devolver, me acusar. Seu tom de voz era suave, meigo. Não poderia ser isso, mas caso fosse, caso ele estivesse me armando uma cilada com sua voz sedutora, eu negaria tudo. Faria qualquer coisa para não perder a chance de tê-lo ao meu lado outra vez.

1

"Enquanto andava na direção escolhida, Marama ouvia leões e gazelas, cobras e crocodilos cantando e anunciando na floresta: 'Marama a menina sem mãe, pode vir lavar seu pilão no rio, pois Subara, o rei dos crocodilos, é seu amigo'. Mesmo assim, ela se perguntava se com isso estaria segura para sempre."

E eu que me dizia curada! Tinha insistido tanto com Virgínia dizendo já ter entendido todas as suas mensagens e interpretado todos os contos de fada que tinha em minha cabeceira, mas fui traída mais uma vez pelos meus instintos diante da felicidade de Lígia. Depois do incidente que provoquei no noivado da minha irmã, qualquer diagnóstico favorável ficava fora de cogitação, tanto da parte de Virgínia como da minha. Eu ainda ia precisar de muita terapia.

Estava louca. Louca varrida, sem cura ou solução possível. Devia ser internada, amarrada, amordaçada, afastada da civilização. Esta foi a conclusão que tirei com a inesquecível festa de noivado.

Depois da minha queda simulada que levou ao chão tudo o que havia sobre a mesa, o olhar de Lígia chegou a me dar pena. O contraste entre a sua euforia do início do jantar e as lágrimas sentidas que derramou quando viu seu bolo esparramado no chão foi tão grande que eu não saberia descrever.

Cheguei a me arrepender, quis voltar no tempo, no gesto, no impulso, mas era tarde. Muitos olhos me fulminaram e eu pensei em simular não apenas um desmaio, mas uma morte súbita. Não foi possível. Tudo o que fiz foi enfrentar aqueles olhares que me crucificavam.

Depois dos primeiros minutos de espanto, meu pai começou a recolher parte do estrago e várias pessoas seguiram seu exemplo. Só eu fiquei feito estátua, vendo a transformação ocorrer. Em meia hora, a sujeira foi escondida, enrolada na toalha e levada para fora do alcance dos olhares.

Alguém secou a bebida esparramada no chão, recolheu talheres de prata e pedaços de cristal.

Abraçada a Rubens e consolada pela sogra, Lígia só chorava. Numa atitude de princesa ofendida que mantém as aparências e o protocolo, não me dirigiu uma única palavra que me acusasse ou ofendesse, o que tornou as coisas ainda piores para a minha condição de megera.

O pai do noivo pediu que todos se acalmassem, justificou que acidentes acontecem, inventou que talvez aquele fosse um sinal de sorte e saiu às pressas para comprar um bolo melhor, maior e mais doce para consolo e recompensa de minhas vítimas. Certamente encontraria também melhores vinhos. E foi assim que, uma hora mais tarde, uma Lígia de olhos vermelhos trocou um par de alianças legítimo com Rubens e voltou a sorrir para os retratos que registrariam cada detalhe daquele dia.

Mesmo quando as visitas foram embora, ninguém fez cobranças ou me acusou de coisa alguma e esta atitude me afundou mais em remorsos, pois eu sabia muito bem a intenção do meu tombo. Acidente, foi a palavra de ordem. Um infeliz acidente.

Lígia, é claro, não compactuou com isso e declarou sua guerra fria através de um olhar sem testemunhas que me partiu ao meio. Ficamos sem nos falar, nós que praticamente já nem nos víamos, e este silêncio durou um longo tempo. Posso dizer que este meu último gesto cavou um abismo ainda maior entre nós, além de me assustar de fato com o meu desequilíbrio emocional. Assim, marquei mais algumas seções com Virgínia, enquanto assistia a mamãe unir-se ainda mais à Lígia.

Na outra ponta, papai nos cobrava uma breve reconciliação, pois o aniversário de meu irmão estava chegando e nós ainda nem sequer tínhamos conversado com mamãe para saber se aceitaríamos ou não o convite de Priscila.

2

"Encorajada pelo canto dos animais que a protegiam, Marama decidiu ir mais e mais adiante, até chegar no outro lado da floresta onde conheceu novas montanhas, novos rios, novas plantas e cores, em ricas paisagens que a deixavam extasiada."

Apesar da decepção de Lígia com sua festa de noivado, ela estava satisfeita o bastante para ser generosa com papai e insistir para que a minha mãe nos deixasse ir à casa de Priscila.

Com as mínimas palavras que trocávamos, chegamos a reforçar nosso pacto de que nada deveria parecer amistoso ou simpático demais à Priscila. Nossa visita representaria apenas uma gentileza ao meu pai e uma justiça a Bruno, que não tinha culpa por ter nascido membro de uma família tão caótica quanto à nossa.

Certas estratégias tinham sido combinadas há tempos: jamais elogiar nada que tivesse a participação de Priscila, desde a decoração da casa, até o próprio filho, cujas qualidades seriam herdadas apenas por parte de pai (ainda que seus maravilhosos olhos azuis fossem idênticos aos da mãe); contar detalhes de nossa infância ao lado de pais amantíssimos; enfatizar nossa união familiar. Coisas assim.

Depois de muitas recomendações, mamãe nos deixou sair com meu pai naquela tarde de sábado, quando então, conheceríamos seu novo lar que, de antemão, tínhamos decidido odiar.

Dentro do apartamento e diante de Priscila, no entanto, nossa decisão não durou mais que dois minutos e transformou-se em simpatia instantânea. Para nossa surpresa, adoramos tudo: o apartamento, a decoração, a família e os amigos de Priscila e, mais do que tudo, ela própria. Era bonita, simpática, gentil, tudo na medida certa. Sem exageros nos cuidados e sem discursos ensaiados, acabou fazendo com que nós duas nos sentíssemos à vontade.

Depois de um certo suspense, a mãe de Priscila entrou na sala com o herdeiro e aniversariante Bruno que surpreendeu a todos abrindo para nós duas um grande sorriso e, já no primeiro minuto, pulou para os braços de Lígia, decretando uma conquista recíproca.

Não sei como isso é possível, mas amei meu irmão assim que o vi e aquele momento tornou-se um dos melhores da minha vida. Tudo foi muito intenso e instantâneo de modo que nossos planos iniciais para ferir Priscila foram por água abaixo. Conversamos com ela, com a família dela, com os amigos do casal como se todos nos conhecêssemos há anos e fizéssemos parte do grupo. A ideia de que nos sentiríamos deslocadas, de que tudo não passaria de uma encenação de ambas as partes para agradar meu pai, não correspondia à realidade. Tanto nós como Priscila estávamos sendo sinceras, mesmo que resistíssemos a admitir isto.

A sensação que mais mexeu comigo, porém, foi ver que meu pai estava de fato feliz. Não me parecia nada justo, mas precisei admitir que jamais tinha visto meu pai tão solto e descontraído. Além disso, rondava e olhava Bruno com um encantamento que só não me deixou mais enciumada por ser ele uma criança inocente. E foi com um emaranhado de sensações desencontradas que voltei para casa. Um lado meu me punia por ter sido desleal à minha mãe e outro, relutante, reconhecia que ao menos meu pai parecia ter lucrado com a decisão de nos deixar.

Em princípio, nada comentei sobre essas sensações com Lígia, no entanto, Bruno, na sua ingenuidade infantil, durante a festa inteira fez com que nós duas, várias vezes, nos tocássemos e nos déssemos as mãos seguindo suas brincadeiras e isso quebrou um pouco o nosso gelo.

Quando voltamos da festa, encontramos mamãe acordada, com um longo questionário à nossa espera. Tanto eu quanto Lígia, alegando cansaço, desconversamos o quanto pudemos e fomos lacônicas nas nossas respostas. Sim, tinha corrido tudo bem. Não, ninguém tocara no nome dela. Sim, Priscila tinha sido gentil. Não, não encontramos conhecidos. Sim, Bruno era um lindo menino. Ponto final.

Sabíamos que o interrogatório continuaria na manhã seguinte, mas enquanto tomávamos café na cozinha, mamãe simplesmente nos disse que precisava comprar algumas coisas que faltavam para o almoço e logo

voltaria. Eu e Lígia ouvimos a porta batendo e continuamos comendo em silêncio, numa rara atmosfera de paz. De repente, Lígia perguntou:
— E aí? O que você achou?
— De ontem? — falei, sabendo do que se tratava.
— Claro. O que você achou de tudo?
— Por que você não diz primeiro? — fiquei na defensiva, pois não sabia qual partido Lígia tomaria.
— Quer que eu seja sincera? — Lígia perguntou e respondeu em seguida: — Amei.
— O Bruno? — quis saber — Ele é um amor mesmo, Lígia. Pena que demoramos tanto para conhecê-lo.
— Amei o Bruno e todos os outros — Lígia explicou.
— Amei tudo também, desde a porta de entrada — concordei, sentindo-me aliviada por não estar traindo a confiança da minha mãe sozinha.
— Ela é legal, não é?
— E a mãe dela, então? Viu que simpatia? — comecei a me entusiasmar. — Viu como elas duas tratam o papai?
— E falando em papai, você percebeu a transformação?
— Ele está feliz demais, Lígia. Tanto que eu fiquei ainda com mais pena da mamãe.
— Eu idem. A mamãe está na pior, enquanto ele está radiante. Tem até mais amigos.
— Por que tem que ser assim, Lígia? Isso também não é justo — reclamei.
— É assim que sempre acontece — Lígia falou como entendida no assunto. — Geralmente, aquele que está pronto para acabar o relacionamento, é quem decide a hora de sair e quem se dá melhor.
— Papai sempre diz isso. Fala que ela vai reagir e melhorar também — comentei.
— Quando? — Lígia duvidou. — Sabe que fiquei até pensando num jeito de mudar a vida dela?
— Mudar como?
— Sei lá. Pensei até em falar com a mãe da sua amiga Rúbia. Não é ela que tem uma agência de modelos?
— Tem. Mas e daí? — perguntei sem entender o raciocínio de Lígia.
— Não sei. Esta noite fiquei pensando em tanta coisa. Imaginei a mamãe fazendo fotos, comerciais, tendo seu rosto estampado em todas

as revistas, só para mostrar que também se deu bem. Acho que no fundo queria que ela se vingasse.

— De que adiantaria ela tirar fotos se não está bem de verdade?

— Mas fazendo isso ela ficaria bem. Ia se sentir bonita, valorizada...

— Por quem?

— Por todo mundo, ora. As pessoas achariam que ela deu a volta por cima — Lígia comentava como se já tivesse planejado tudo.

— Mas não são os outros que precisam achar isso, Lígia. Quem precisa se valorizar é ela — expliquei.

— Lá vem você com os conselhos da Virgínia — Lígia reclamou.

— Mas é verdade, Lígia! Tudo precisa começar dentro da gente. Senão, não funciona.

— Eu sei... — Lígia concordou.   E por que a mamãe não marca também umas sessões com a Virgínia? Acho que ela está precisando.

— Até mais do que eu — falei.

— Não exagera, Flávia! — Lígia mal me deixou terminar de falar e já foi saindo da cozinha enquanto ainda me atacava: — Ninguém precisa de mais terapia, aqui em casa, do que você. Depois deste tal Julinho e do meu noivado, você destrambelhou...

Estranhei a parada da frase no meio e, instintivamente, fui atrás dela para entender o que tinha acontecido. Fiz o mesmo que ela, pois brequei passos, fôlego e qualquer ameaça de resposta. Ficamos as duas feito estátuas na frente de mamãe que, da sala, tinha ouvido toda a nossa conversa.

3

"Marama voltou para casa com uma nova visão do seu mundo. Conhecera o outro lado da floresta, outras paisagens, outros segredos. Trazendo consigo seu próprio pilão, sugeriu à madrasta que, sem medo, fosse também ela à margem do rio em busca de um novo pilão para si."

Entre surpresa e assustada, ainda sem atinar o quanto minha mãe podia ter ouvido de nossa conversa, eu perguntei:
— Você não ia até o mercado?
— Não — ela respondeu.
— Mas você não disse que ia? — Lígia insistiu, por não querer acreditar que mamãe tivesse usado aquela estratégia.
— Disse — ela respondeu outra vez.
— Então por que não foi? — Lígia perguntou.
— Porque não precisava. Só quis deixar vocês mais à vontade para conversar — mamãe confessou.
— Podia ter ficado junto, mãe. Nós falaríamos tudo na sua frente — menti.
— É mesmo? — ela deixou claro não acreditar naquilo. — Então por que ontem foram tão evasivas?
— Como assim? — fingi não entender, mas ao invés de ela me dar uma resposta, perguntou:
— Quer dizer então que eles estão felizes?
— Mãe... — Lígia tentou mudar a nossa história. — Também não é assim. Você sabe... era festa e na frente dos outros as pessoas disfarçam.
— Mas vocês sentiram que o seu pai está feliz de verdade — ela insistiu.
— Parece que sim, mãe. Só parece. A gente não tem certeza — tentei consertar.

— E o bebê? — minha mãe quis saber. E quanto a ele, nos empolgamos:
— Ah! Ele é lindo, logo gostou de mim, veio no meu colo! — Lígia contou.
— É muito esperto e o papai fica babando por ele — completei.
— É o herdeiro que ele sempre quis — mamãe falou com amargura.
— Mãe, do jeito que você fala, parece que ele não gosta da gente — reclamei. — E ele gosta!
— Claro que gosta — ela concordou comigo. — Mas sempre faltou o menino e foi a outra que teve o privilégio de dar a ele.
— Mãe! Para com isso — a Lígia pediu. — Não vamos fazer um drama como se ele tivesse saído de casa hoje. O papai foi embora faz tempo e se ele está feliz, você tem de ser também!
— Como? — mamãe perguntou. — Se não fui eu que escolhi esta situação para mim?
— Mudando mãe. Mudando a cabeça, o estilo de vida, a roupa, os amigos... mudando tudo! — Lígia sugeriu. — Sei até de um trabalho legal para você.
— Não inventa moda, Lígia. Não sou modelo — mamãe demonstrou ter escutado a nossa conversa toda.
— Não precisa ser modelo! — tentei convencê-la. — Algumas marcas querem mulheres comuns promovendo os seus produtos.
— Qual marca? — a mamãe duvidou.
— De cosméticos, por exemplo! — lembrei de alguns comerciais de TV. — Para mostrar que os produtos funcionam, eles fazem aquelas imagens de antes e depois.
— E eu faço o depois — mamãe ironizou. — Mostro as rugas que nasceram e os cabelos que caíram depois que o seu pai foi embora.
— Mãe... — protestei. — Não é nada disso. Você é linda!
— E a Priscila? É bonita como dizem? — ela perguntou e nós tentamos desconversar.
— Quer que eu fale com a mãe da Rúbia para você fazer um teste? — Lígia perguntou.
— Quer que eu marque hora com a Virgínia para você também? — sugeri outro caminho.
— Não, meninas... Nem uma coisa, nem outra. Não é disso que eu preciso — ela falou enquanto ia para o seu quarto.

O silêncio que reinou pelo apartamento durante aquele dia inteiro era o termômetro da sensibilidade ferida de mamãe. Sabíamos que ela precisaria de um tempo para digerir todas aquelas duras novidades e nós tentamos respeitar isso. Eu, a julgar pelo que vinha aprendendo com Virgínia, apesar de morrer de pena, entendi que aquele era o caminho mais dolorido, porém o mais curto para que mamãe enfrentasse a realidade e parasse de esperar por uma reconciliação que não aconteceria.

4

> "Marama pediu à madrasta que não se assustasse quando, na beira do rio, surgisse da água um crocodilo imenso que lhe acenaria com um novo pilão limpinho e branquinho, incrustado de ouro e prata. 'Pegue o seu pilão e não fique espantada' — diria ele. 'Com ele você encontrará o seu caminho'."

Mamãe nem cogitou em fazer terapia, mas eu precisei discutir aquele assunto com Virgínia, pois fiquei muito dividida com a situação dos meus pais. Embora agora entendesse melhor o que tinha acontecido, não achava justo que a minha mãe arcasse com todo o prejuízo da separação.

Uma parte eu já conseguia admitir e aceitar: meu pai tinha o direito de tentar ser feliz. O que eu ainda não entendia era porque a minha mãe precisava, num momento que era dele, enfrentar toda a transformação que a decisão — que também era só dele — provocava.

Virgínia, neste dia, voltou a um tema sobre o qual já tínhamos falado bastante: gêneros — masculino, feminino —, padrões rígidos, expectativas frustradas. Falávamos, enfim, de atitudes que tinham se encaixado em uma nova ordem, uma nova ética. Nem melhores, nem piores, mas padrões novos para os quais velhas receitas já não mais serviam.

Mamãe estava presa a padrões antigos nos quais o homem definia seu destino e onde os compromissos assumidos eram eternos, ainda que isso lhe roubasse a chance de ser feliz. Papai, apesar de ter assumido com ela estes mesmos compromissos, decidira ser feliz a qualquer preço.

Julinho também. Parecia que ambos tinham feito suas escolhas: fora e dentro do casamento. E o maior problema, agora eu percebia, não era o fato de Julinho ser casado, mas sim o fato de ele querer continuar casado. Essa tinha sido a sua opção.

Para completar esse quadro confuso e num contraste gritante com a minha experiência pessoal, aconteceu o noivado de Lígia, perfeitamente enquadrado nos moldes antigos e prontamente aceito por todos. Parecia contraditório admitir que numa época de tantas mudanças, um padrão conservador se mantivesse válido e algumas pessoas ainda fossem felizes com ele. Minha irmã era uma delas.

A difícil compreensão de todas estas transformações, a censura das minhas amigas, minha própria censura, minhas amarras, tudo havia contribuído para que eu transgredisse todos os limites de bom senso e perdesse meu amor próprio.

Amor próprio. Outra grande lição dos contos de fada que me ajudou a entender o que eu andava fazendo com a minha vida: falta de amor próprio gera uma enorme apatia. Daí eu estar sempre largada, pensando, dormindo, divagando e, pior do que isso, tramando. Para ocupar a minha mente vazia, gerei tramas e intrigas, bancando minha própria madrasta, a bruxa da minha própria história.

Minha neurose — era mesmo uma neurose como papai dizia — nasceu de um conflito: não encontrar um parâmetro para viver minha paixão por Julinho. Tudo estava ultrapassado. Os papéis nos quais eu me inspirava não me serviam. Eram espelhos que, partidos, me fizeram confundir ousadia com agressividade, com ações irracionais.

Por isso a história de Marama me cabia. Eu também estava órfã, pois nada do que eu tinha em mãos me orientava ou me servia. E a situação chocou a todos: minha família, mais conservadora; minhas amigas que se diziam abertas; eu que, apesar de apaixonada, não soube enfrentar o desafio.

Na minha história pessoal, fui princesa e fui madrasta, enquanto buscava, em terreno escorregadio, a verdadeira Flávia. Minhas ideias, — reis envelhecidos —, precisavam ser substituídas para a sobrevivência do meu reino. Para isso, eu percorria novos caminhos como se fosse também um herói desbravando novas terras.

Visto assim, meu crescimento chegava a ser bonito. Triste, doído, mas bonito. Era uma maneira quase poética de crescer, de deixar o velho para que entrasse o novo. E foi pensando nisso que, ao voltar para o meu prédio, disse ao zelador que queria procurar algo que tinha jogado na lixeira.

— Jogou quando? — ele me perguntou.

— Ontem — menti. — Talvez eu ainda ache o saco que joguei. Era um saco vermelho e vai chamar atenção. Só vou dar uma olhada...

— Acho difícil você encontrar alguma coisa, Flávia, além disso o lugar não é muito agradável. Não quer que eu ajude?

Dispensei a sua ajuda, pois não pretendia procurar nada. Tudo era um pretexto, um gesto simbólico, um ritual que inventei para me ajudar a sair daquele caos. Então, fui sozinha até o subsolo do prédio e entrei no galpão onde o lixo ficava recolhido até o dia da coleta. O lugar era escuro e mal cheiroso mas, mesmo assim, sentei no degrau que havia logo na entrada e ali fiquei alguns minutos observando tudo.

Para me recuperar, havia que fazer um movimento humilde de descida. Descer ao fundo, fincar os pés no chão de encontro à mãe Terra. Por isso, repetindo o ritual de Marama, caminhei até o rio dos crocodilos para lavar meu pilão e lá encontrar o meu destino. Lembrei de Virgínia: "É preciso saber esperar no escuro. Só quem é forte controla a impaciência e deixa o jogo se desenrolar sem olhar. Quem teme a incerteza e quer ler o sonho se precipita, perturbando a ação imprevisível do destino."

Eu, que me sentia mais forte, aceitaria o desafio: daria um tempo a mim mesma e esperaria no escuro. Sacos amontoados representavam meus dramas e meus medos. O mau cheiro, um desconforto. Então, ouvi o leão perguntando: Qual é o seu nome e para onde você vai?.

— Meu nome é Flávia — respondi. — Vim ao rio dos crocodilos para trocar este pilão por um que seja só meu e indique meu caminho. Sou filha do rei e da rainha. Encontrei um príncipe e, por ele não me amar, me perdi. Mas sou responsável pela minha história e quero, como uma heroína, restaurar a minha vida e conquistar a minha montanha.

E o leão, do alto dos sacos de lixo, disse que sim, que a ordem seria restaurada e que a partir daquele momento eu receberia um pilão incrustado de ouro e prata, com o qual poderia viver para sempre. Então, me levantei e escalei minha montanha. Andar por andar, degrau por degrau, fui chegando a lugares mais altos, mais claros e mais arejados. Raios de sol, que entravam pelas frestas dos vidros, iluminavam minha conquista.

Entrei no meu apartamento sorrindo, imaginando que quem me visse fazendo tudo aquilo talvez dissesse que, desta vez, definitivamente, eu estava louca. Talvez Virgínia me entendesse, depois de tudo o que tínhamos conversado. Porém, o que importava era que eu soubesse o que significava cada um dos passos dados escada abaixo, escada acima e me sentisse, como Marama, novamente filha do rei e da rainha.

5

"Marama guardou seu pilão incrustado de ouro e prata e sentiu-se valorizada. Percebeu que tudo aquilo que possuía dentro de si era muito valioso, ainda que um príncipe não percebesse e se afastasse. O príncipe havia partido sem reconhecer nela uma princesa mas, mesmo sem ele, Marama decidiu fazer do seu reino um lugar tão bonito quanto aquele do quadro de pano."

Depois do meu pequeno ritual, tudo pareceu se encaixar como num quebra-cabeça. Só eu sabia o esforço que fizera para aprender a reconhecer o lugar de cada peça.

Durante o jantar, conversei um pouco com mamãe que me pareceu mais tranquila com relação à nossa visita à Priscila e demonstrou alguma disposição para mudar a sua rotina, como eu e Lígia vínhamos sugerindo.

Era cedo ainda quando fui para o meu quarto, mas estava exausta e logo adormeci. No melhor do meu sono, o telefone tocou e eu ouvi a voz de Lígia como vinda de um lugar muito distante. Virei para o lado disposta a continuar dormindo, mas ela insistiu:

— É para você, Flávia. Só maluco para ligar a esta hora.

A contragosto, atendi e surpresa, ouvi a voz de Julinho do outro lado da linha, sugerindo o encontro inadiável. Não foi preciso mais nada para que eu visse abalada a minha pouca segurança, perdesse o meu sono e passasse o resto da noite com os olhos grudados no teto e, depois, durante as aulas, nos ponteiros do relógio.

Estava ansiosa. A hora marcada chegou e sensações adormecidas despertavam e me agitavam por dentro, enquanto eu caminhava apressada de uma a outra escola.

Lá estava ele. Julinho usava roupas em tons de bege, leves e claras, que lhes davam a aparência de recém-saído do banho. Tremi inteira quando o vi caminhando em minha direção. Sua proximidade e seu perfume despertaram em mim lembranças fortes.

Estava tensa e nervosa, apesar de ter jurado manter a mesma indiferença com que ele recebera cada um dos meus apelos. Não havia indiferença alguma, porém, na forma como eu tinha varado acordada a madrugada, amargado a longa espera e, depois, diante do espelho, escolhido roupas, expressões e penteados para impressioná-lo.

Diante de mim, Julinho abriu um sorriso largo que me aqueceu por inteiro, deixando para trás qualquer ressentimento. Bastou que me olhasse com ternura, como há tempos não fazia, para que eu decretasse tudo perdoado e me obrigasse a conter o impulso de abraçá-lo.

— Você está linda! — Julinho falou, segurando a minha mão e me beijando no rosto.

Retribuí o beijo e o olhar enternecido, sem dizer nada.

— Vamos sentar para conversar um pouco? — ele sugeriu.

— Aqui?

— Sim, aqui mesmo. Está ótimo.

— Mas alguém pode nos ver e...

— Não estou preocupado com isso, Flavinha.

Eu obedeci e o segui até uma das mesas da lanchonete, me precipitando ao interpretar que o fato de Julinho não se importar que alguém nos visse significava estar disposto a me assumir publicamente.

Desnecessário relembrar as frases, pois delas ficou a essência: não se tratava de uma tardia declaração de amor, mas de um pedido de desculpas. Desculpa pela forma brusca e egoísta com que Julinho me afastara de sua vida. Desculpa pela dor que provocara.

Era quase uma confissão. Julinho lamentava a falta de tato demonstrada no nosso último encontro e se dizia envergonhado por ter tumultuado a minha vida. Suas exigências e cobranças tinham sido uma invasão e um desrespeito dos quais ele não se orgulhava. Vinha, então, conversar comigo para que eu não sofresse mais por um equívoco que, — tanto pela crise que ele vivia, quanto pela minha inexperiência —, nos fez confundir um envolvimento passageiro com amor.

Julinho pediu dois refrigerantes e, assim que nos serviram, estendeu seus braços sobre a mesa e segurou minhas mãos entre as suas:

— Olhe bem para mim, Flavinha, e sinta o quanto estou sendo sincero. Não consigo dormir, só em pensar o mal que causei a você e isso não pode continuar assim.

Não posso imaginar qual expressão assumiu meu rosto que até então sorria para ele. Senti que enrijecia e que, por dentro alguma coisa doía, forte, fundo, pressionando meu peito até quase me faltar o ar. Amar Julinho doía. Doía quando era correspondido de tão grande a alegria, doía quando era negado, doía quando era explicado. Sempre doía.

E, nas suas explicações tardias, Julinho disse achar natural que eu, experimentando tantas novas emoções, não visse nada com clareza. Natural também que eu tivesse entrado em desespero e insistido tanto. Era compreensível... e perdoável. Mas precisava ter uma conversa calma e definitiva comigo para poder voltar à convivência familiar sem remorso.

Ouvi. Olhei no fundo dos seus olhos e ouvi. Refrigerantes não tocados sobre a mesa, minhas mãos nas dele presas, eu silenciava a pergunta que por dentro vibrava: por que, agora? Eu não estava, finalmente, quieta, tentando esquecer tudo? Por que ele tinha de me ligar agora? Por que não me deixar em paz se era paz o que também ele dizia estar querendo?

Aos poucos, vi cair o pano com que sempre velei seu rosto, sua voz, sua figura e enxerguei apenas o homem que pedia o meu perdão para viver em paz, depois de ter brincado com meus sentimentos.

Ainda que nada tivesse sido intencional ou premeditado, suas palavras me feriam. E quanto mais ele procurava esclarecer o que tinha acontecido com ele, menos eu aceitava o que tinha acontecido comigo: ter interpretado como amor o que era apenas atração, ter chamado de relacionamento o que, para ele, era aventura.

De repente, pressenti que toda aquela conversa fosse apenas um pretexto para Julinho me acusar por ter lhe enviado tantas cartas e recados. Esperei na defensiva, pronta para negar caso ele me acusasse, mas ele nada falou. Então, depois de ouvi-lo mais um pouco, não me contive e perguntei:

— Você não recebeu nenhuma carta minha?

— Sim. Recebi uma carta, mas já faz bastante tempo — ele falou, como se isso não tivesse importância.

— Uma carta? — estranhei.

— Recebi uma carta no escritório e não gostei, pois você sabe que não misturo meus assuntos pessoais com a empresa. Você também me deixou em situação difícil espalhando toda aquela tinta na casa de minha irmã, mas procurei compreender e evitei reagir.

— Você então recebeu só uma carta minha? — continuei estranhando.

— Por que, você mandou mais de uma?

— Não — respondi, depressa, com receio de assumir tudo o que eu tinha feito. — E meus recados? Você recebeu meus recados?

— No celular? — ele perguntou.

— É, Julinho. Não recebeu os meus recados?

— Para ser franco, Flavinha, eu troquei meu celular e nunca mais peguei recados no antigo. Aliás, passei o novo número para poucos amigos...

— Não passou para mim — reclamei, embora soubesse ter sido intencional esta troca.

— Bem, na verdade, Flávia, muita coisa aconteceu depois que eu voltei para casa. Decidi recomeçar tudo, então mudei de endereço, telefone... mas eram assuntos importantes?

— Não — falei, decepcionada, por ter perdido tanto tempo tentando infernizar a vida dele enquanto ele a refazia. Mesmo assim continuei:

— Mesmo que fossem coisas importantes, você não responderia não é mesmo?

— Bem, Flávia, eu sabia que você estava aborrecida... acho que não me daria ao trabalho de responder.

Julinho tinha preferido não tomar atitude nenhuma, quando o objetivo das minhas cartas era exatamente fazer com que ele reagisse e me procurasse, ainda que fosse para brigar comigo. Portanto, minha agressividade, meus impulsos de vingança tinham sido remetidos para destino errado, sem produzir o menor efeito. Talvez ele até tivesse lido e escutado todas aquelas loucuras e, por serem loucuras, as tivesse ignorado.

Eu sabia que as cartas, ainda que não chegassem ao destino, jamais voltariam, pois seus remetentes eram todos falsos. Eu escolhera enviar cartas para não deixar rastros. O que eu não imaginava era que os meus atos de vingança não surtiriam efeito nem com Julinho, nem com Rubens. Este também ignorara cartas e ligações, pois não dava crédito a quem acusava sem se identificar e Lígia, assim, tinha sido resguardada. Restava saber se as cartas enviadas a Salete tinham sido úteis para ao menos levantar dúvidas sobre o nosso romance. Apesar de exageradas nos detalhes, estas contavam parte da verdade.

Enquanto eu pensava em tudo isso, Julinho continuava a justificar nosso encontro dizendo que, depois do tempo ter passado e de sua vida ter normalizado, percebeu ter sido injusto comigo por não levar em conta a minha idade, minha inexperiência. Estava arrependido por ter me causado tanto mal.

— Como sabe se me fez mal? — perguntei.

— A Salete me contou — ele disse. — Ela falou que você se abalou muito quando soube que eu tinha ido embora.

— Você então contou para ela que nós namoramos?

— Eu não, mas alguém contou. Ela recebeu cartas anônimas e me procurou.

— Cartas anônimas? — precisei me esforçar para aparentar estar surpresa.

— É. Alguém que dizia saber de tudo, em detalhes... Cheguei a pensar que fosse você, Flávia, mas os termos da carta eram tão vulgares e pesados... — ele lançou a dúvida.

— Mas você confirmou?

— Não, mas a Salete não é boba. Onde tem fumaça...

— Pelo menos ela não pensa mais que eu inventei aquilo tudo — falei, aliviada.

— É — ele concordou, sem esclarecer que história tinha contado para a sobrinha que não o comprometesse tanto.

— Então você me procurou para se livrar de um peso na consciência — demonstrei entender.

— É mais ou menos isso, Flávia. Não agi corretamente e não me orgulho disso.

— Você por acaso só me usou, Julinho? — e ao perguntar isso, senti um nó na garganta de tanto que essa idéia me machucava.

— Não usei e nem premeditei nada, Flávia. Apenas confundi meus sentimentos e os seus.

Todas as minhas palavras ditas ou escritas tinham sido jogadas ao vento e, de repente, não me pareceu tão importante conhecer detalhes do que Julinho pensava ou sentia. A verdade era uma só: ele não tinha voltado para mim, simplesmente estava querendo redimir a sua imagem arranhada e eu nem mesmo sabia se havia algum mérito em sua atitude.

Também não sabia se um dia entenderia o turbilhão de sentimentos que eu tinha experimentado de uma só vez, para, no final, sentir-me tão vazia. Para onde teria ido aquela minha paixão se agora, neste exato instante, eu olhava para Julinho e só sentia tristeza?

Nada mais parecia precisar ser explicado ou talvez nada tivesse qualquer explicação, tanto que ficamos em silêncio nos olhando, cada um perdido nos próprios pensamentos, até que falei:
— Cinco.
— O quê? Cínico?
— Cinco — repeti olhando-o firme e séria.
— Sinto? Você sente? Ora, mas eu também...
— Eu disse cinco — repeti. — Quando você ri, cinco rugas marcam os cantos dos seus olhos. Cinco de cada lado... bem marcadas.
— Marcas, rugas?
— É, Julinho. Só reparei agora. Por causa deste seu modo de rir, apertando os olhos, você tem as marcas.
— Rugas de expressão — ele falou, sorrindo. — Que bela notícia para você me dar numa hora destas. Afinal, você é ou não é apaixonada por mim?
— Você me ensinou que as coisas mudam, Julinho. Não foi também assim, de uma hora para outra, que você mudou e me deixou sozinha? — não disfarcei minha mágoa.
— Eu não tive escolha.
— Você podia ter falado comigo. Não precisava fugir — reclamei, mesmo sabendo que de nada mais adiantaria isso.
— Você ainda me ama? — a vaidade dele falava mais alto.
— Faz diferença para você?
— Talvez, Flávia, mas não vale a pena falarmos sobre isso. O que eu queria era que você me perdoasse e guardasse de mim uma boa lembrança. Esqueça o mal que eu lhe fiz e as rugas que acabou de descobrir — ele brincou, tentando suavizar a tensão que se formava.
— Isso está me parecendo um adeus — falei, finalmente, com vontade de chorar.

Não controlei. Deixei que as lágrimas jorrassem livres e não senti vergonha. Era um choro silencioso, diferente das minhas cenas de cobrança e descontrole. Diferente das atitudes que tinha quando não via em mim nenhum valor e implorava que Julinho os apontasse. Agora eu me valorizava e, talvez por isso, conseguia ser sincera e admitir que estava triste.

Julinho notou a diferença de comportamento e não pediu que eu parasse. Apertou ainda mais minhas mãos e repartiu aqueles minutos comigo. Então, mencionou não termos tocado na bebida e me ofereceu um pouco.

— Beba isso, vai fazer você se sentir melhor.

Dei pequenos goles no refrigerante e o deixei de lado. Julinho bebeu o seu, quase num só gole e respirou aliviado.

— Estava com sede — comentou. — Acho que fiquei nervoso por causa deste encontro.

— Você não fica nervoso — comentei. — Esse privilégio é todo meu, com minha insegurança.

— Você me parece mais segura, hoje.

— Acho que cresci um pouco.

— Sempre crescemos, Flávia. O tempo todo. Eu também aprendi muito com a nossa história.

— Nós tivemos uma história?

— Claro que sim. E ela foi inesquecível.

Ao dizer isso, Julinho passou os dedos no meu rosto molhado e levou-os à boca.

— Gosto de sal, gosto de mar... Quero guardar algo que tenha o seu gosto para sempre em minha lembrança. Você foi minha melhor travessura, menina.

— E você o meu maior amor — respondi.

— Por enquanto, Flavinha. Muitos outros virão, acredite.

Então, Julinho pareceu lembrar-se de algo e retirou do bolso um envelope.

— Isto aqui lhe pertence, Flávia. Não posso mantê-lo comigo e não tive coragem de jogá-lo fora. É precioso demais e deve voltar para sua dona.

Pegando a minha mão, ele a beijou, me entregou o envelope e esperou que eu o abrisse e visse o cacho de cabelo que um dia eu tinha lhe entregado. Feito isso, foi embora sem mais despedidas. Simplesmente o vi andando, de costas para mim, balançando o seu corpo na cadência que me conquistara e se afastando cada vez mais e para sempre, como se tudo o que fosse preciso para me esquecer fosse virar as costas.

6

> "De repente, Marama sentiu no rosto a carícia de uma brisa leve e depois de um vento ainda mais forte que balançou o pano bordado, pendurado na parede. Arrancado pelo vento, o quadro saiu voando pelos ares, desenrolando mais longe, cada vez mais longe, até cobrir todo espaço com uma paisagem rica, nova e indescritível.
> Marama sorriu, lembrando que outros príncipes, vindos por estradas diferentes, visitariam seu castelo e, senhora de si, viveu 'feliz para sempre'."

Aprendi.

Sejam manhãs, tardes, noites, madrugadas, em qualquer tempo, a qualquer hora, não devemos nos esconder sob as cobertas, mergulhar o rosto em travesseiros, esperar atrás de portas, simular compromissos em Marte, fingir um sono profundo. Precisamos viver. Viver cada segundo, intensamente e, a cada instante, crescer.

Minha história com Julinho me fez crescer. Desde o primeiro instante em que o vi, até quando ele se afastou na lanchonete, devagar e para sempre.

E, mais uma vez sozinha, chorei. Chorei muito, chorei mundos, pois tudo tinha vindo à tona rasgando meu peito de um jeito doído e profundo.

Pensei em Virgínia, em pedir sua ajuda, seu colo, palavras de consolo. O que eu precisava entender desta vez? Qual era a mensagem, qual era a lição se tudo na vida tinha uma razão oculta? O que faltava eu enxergar agora?

Gosto de sal, gosto de mar, sua melhor travessura... E eu que pretendia ser tanto mais que isso, o que faria sem este amor que antes me preenchia? Quem eu seria agora sem a presença de Julinho? Com que olhos me veria se já não tinha os dele para me admirar e me tornar importante?

Lágrimas. Gosto de sal, gosto de mar. Nos contos, o choro representa a solução, uma saída, ajuda vinda do universo, de uma entidade mais sábia que sempre nos socorre. Mas quem viria agora em meu socorro?

— Você está bem? Posso ajudar em alguma coisa? — ouvi uma voz ao meu lado e me voltei para ela.

— Você precisa de ajuda, Flávia? — a voz voltou a perguntar.

Minhas lágrimas turvavam a minha visão e eu não vi o rosto de quem me falava, mas mesmo assim respondi que não, que estava bem, que tudo passaria logo, que eu precisava de um tempo apenas.

A voz insistiu, segurou meu braço, ofereceu carona, solidária. E eu me vi ao seu lado, sentada no carro e só então voltei a olhar sua figura. Era Cláudio, colega de classe que, vez por outra, falava comigo.

— Posso levar você para casa? — ele perguntou.

— Por favor — foi só o que pude dizer.

Nada mais vi ou ouvi. Julinho tinha ido embora e desta vez era definitivo. O que mais poderia me interessar agora?

No entanto, aos poucos a voz veio me trazendo para a realidade e me fazendo ter noção de tudo o que me cercava. O carro, o cheiro, as ruas... Olhei para o lado e vi o cavaleiro que me conduzia. Não havia brilho, não havia um cavalo alado, nem sequer vestígio de uma realeza. Só o interesse em saber:

— Você está se sentindo melhor?

E o cavaleiro interessado me fez mais e mais perguntas que eu respondi por monossílabos e, depois de estacionar o carro na frente do meu prédio sem que eu lhe indicasse o caminho, sugeriu que eu ficasse mais um tempo ao seu lado para me acalmar, desabafar, aliviar a dor que me afligia.

O tempo ameaçava mudar, o vento vinha. Então prometi subir, pegar um agasalho e voltar para agradecer a gentileza, o socorro, a amizade, quando, na verdade, tudo o que eu queria era contar que Julinho tinha ido embora. E tinha ido embora, assim, como se virando as costas me esquecesse. Assim, como se nada tivesse acontecido. Assim, como se esquecer fosse possível.

Eu precisava muito mais para esquecer Julinho. Não podia apenas virar as costas para o meu passado mais recente e querido e fingir que nada tinha me atingido, me transformado, mesmo porque hoje, existiam duas Flávias, duas etapas, duas fatias em tudo: antes e depois de Julinho. E isso não mudaria nunca. Fazia parte da minha história, mesmo que eu virasse as costas.

Não virei. Antes, fiquei olhando o vácuo, relembrando palavras. Gosto de sal, gosto de mar. Eu, sua maior travessura. Como podia um envolvimento significar coisas tão diferentes para duas pessoas? Como podia eu ter mergulhado tão profundamente, enquanto ele deslizava leve pela superfície? Como podia doer tanto só em mim?

Das lágrimas tinha brotado Cláudio, tábua de salvação, socorro que se oferecia para ouvir meu desabafo. E eu, que queria contar ao mundo a minha história, prometi voltar. Mas nada me obrigava a cumprir esta promessa, pois ser coerente não fazia muito sentido agora.

A tarde começava a cair, o tempo parecia esfriar. Talvez chovesse. Talvez eu descesse. Tudo era um talvez.

Só o que eu precisava era de um pouco de silêncio para aceitar que tudo estava certo, como diziam sábias teorias.

Tudo estava certo. Tinha acontecido como tinha de ser. Eu tinha dado a Julinho as respostas que sabia dar, tinha agido como sabia agir. Talvez, agora, eu fizesse tudo diferente. Mas não acontecia agora. Tudo era passado e, no passado, eu era outra pessoa, assim como eram outros os meus limites.

Visto à distância, parecia simples. Flávia, a outra, ao ver seu príncipe encantado, pensou estar vivendo um conto de fadas onde tudo sempre termina bem. Mas o conto a levou para longe, para o mundo imaginário da infância onde podemos ir, mas não podemos ficar. Era, portanto, hora de voltar, pisar em terra firme.

Por isso prometi voltar. Para contar a Cláudio minha triste história e misturada às palavras poder jogá-la fora.

Mas antes, queria um tempo meu e, assim, desci do carro e caminhei lentamente até meu prédio. Instintivamente, pus a mão no bolso e senti o envelope que guardava meus cabelos. Eles estavam ali, de volta e comigo, restabelecendo tudo. Seriam guardados para que eu me lembrasse da sua importância. Para que nunca mais eu desse algo meu, sem estar absolutamente certa do meu gesto.

O vento ficava cada vez mais forte e com dificuldade abri a pesada porta de vidro do prédio. Ao fechá-la, voltei a olhar o carro estacionado que abrigava o cavaleiro à espera da minha história, enquanto ouvia o porteiro avisando que mamãe tinha saído.

Ao entrar em casa, aliviada por estar sozinha, percebi que janelas deixadas abertas provocavam uma correnteza enorme. Portas batiam, o vento assobiava, tudo parecia se agitar.

Por um instante, permaneci na sala, naquele mesmo ponto em que ouvi o primeiro interrogatório de mamãe, enquanto ela agitava o papel amarelo onde eu declarava amor eterno a Julinho. "O que significa isso, Flávia?" ela perguntou quando eu ainda não sabia responder que aquilo tudo era parte da minha vida, um caminho que eu precisava percorrer para chegar onde estava.

Olhei para o chão, como lembrei ter feito aquele dia em que prendi o meu olhar num ponto de fuga qualquer, e só então notei detalhes do desenho do tapete. O ponto no qual eu me agarrava e me escondia era apenas parte de um desenho mais rico. E era sobre este chão que eu agora pisava. Era este o chão que agora eu via, assim como, voltando no tempo, percebia que cada etapa da minha história fazia parte de uma trama maior. Desenho e trama — pontos somados que davam a tudo um novo sentido.

O vento circulava pelo apartamento aberto e tudo parecia ter movimento próprio. No meu quarto, as cortinas derrubavam sobre a cama os pequenos livros da estante, vidraças trepidavam, móbiles dançavam. Porém, antes de correr e fechar tudo, fiquei atenta, presa, simplesmente olhando.

E gostava do que via pois, nas histórias que lia, era sempre o vento que purificava e transformava tudo. Por isso, quis que ventasse mais e mais e quis sentir o vento me tocando, de modo que abri os braços diante da janela e deixei que a cortina me alcançasse, que o vento batesse no meu rosto.

Da janela, vi o carro estacionado à minha espera, suspenso na vida, sem saber se eu voltaria. Antes era eu, e sempre eu, quem esperava em agonia por um sinal do príncipe.

Príncipe. Julinho tinha sido meu príncipe. Seria eu agora uma princesa para aquele que decidira me ajudar, assim, do nada? Que me oferecera seu tempo, sua atenção e que ainda me esperava para um desabafo? Talvez fosse a minha vez de encantar alguém sem ser por este alguém encantada. Talvez a minha história fosse escrita em outra ordem, com outras tintas e, desta vez, eu não sofresse e nem mesmo percebesse que alguém por mim sofria.

Lá iam meus pensamentos viajando, antecipando roteiros, nessa minha eterna mania de fantasiar a realidade. Mas ainda que fosse este alguém outro príncipe, minha história certamente correria diferente.

Lá estava eu, no mesmo lugar, mas tão outra. Ali tinham nascido os meus dilemas, ali eles seriam resolvidos. As amigas eram as mesmas, a

rotina quase eterna, os dias tão parecidos e, no entanto, tudo havia mudado. Tudo sempre em minhas mãos, desde que eu soubesse ver...
Fui princesa, fui madrasta e também o herói da minha história. Vi a morte e a sucessão do rei envelhecido, substituí o velho pelo novo, fiz o grande esforço da escalada para a conquista da montanha... Não era pouco. Cada progresso tinha sido um feito heróico que dava um novo sentido à minha vida.

Voltava a ser filha do rei, princesa que não mais se humilharia aceitando só migalhas, pois uma filha de rei que as aceita passa das medidas do desprezo por si mesma.

Esta seria a minha renovação. A transformação que eu tanto perseguira. Meu amor próprio seria o meu pilão incrustado de ouro, prata e pedras preciosas. Era chegada a hora e o tempo de mudar, e o tempo mudou, pois chovia.

Já era tempo também de descer e estava frio. Fui então até o armário e puxei um agasalho da gaveta sem notar que dentro dele havia a caixa com os cabelos de Julinho. Cabelos, frágil elo que, diante da janela, deixei que o vento levasse e me libertasse de uma vez por todas.

Em resposta, o vento soprou ainda mais forte e um estrondo se fez. Era o espelho pendurado atrás da porta que batia, que caía e se quebrava. Como atendendo a um chamado, me aproximei, recolhi do chão os seus pedaços e ao me fitar em cada um deles descobri que me via refletida por inteiro.

Sorri, sozinha, comigo, por dentro. Fechadas as janelas, vesti o agasalho e dei os meus primeiros passos. Estava pronta. Pronta para sair. Pronta para ser eu mesma.

Sobre a cama, como passe de mágica, o livro aberto exibia o conto de Marama que se iniciava com a velha e conhecida frase:

"Era uma vez..."

Pois era assim que tudo sempre começava...

Notas:

(1) As epígrafes de aberturas dos capítulos são adaptações livres de contos extraídos dos livros: "A interpretação dos Contos de Fada", Marie-Louise Von Franz, São Paulo, Edições Paulinas, 1990 e "O que conta o conto?", Jette Bonaventure, São Paulo, Edições Paulinas, 1992 (ambos da col. Amor e Psique — tradução e coordenação de Maria Elci Spaccaquerche). A história que nelas corre paralela representa lembranças de diferentes leituras da infância de Flávia, então associadas ao seu conflito emocional.

(2) "Para os antigos gregos, essa pergunta era feita pela esfinge — e quem não soubesse responder, morria. Toda a educação visava a poder descobrir 'de onde vens, quem és e para onde vais'. É nossa natureza animal, a mais primitiva, a menos socializada e civilizada, que exige a resposta de nós. E a resposta não é tão complicada assim, é só constatar, como Marama, o nosso nome, como vivemos, onde nos encontramos e aonde queremos ir na vida. Mas a resposta precisa ser dada, senão ficaremos como a madrasta, apenas na função de mãe, pai, madrasta, filho ou filha etc. e acabaremos sendo abocanhados e destroçados pela nossa própria impulsividade destrutiva, pois ela tomará conta de nós e reinará, e o crocodilo, o leão, as cobras e as gazelas se instalarão e dominarão tudo". "O que conta o conto?", Jette Bonaventure, São Paulo, Edições Paulinas, 1992 (col. Amor e Psique — tradução e coordenação de Maria Elci Spaccaquerche).

"Como uma floresta depois do incêndio, é preciso procurar outra maneira de viver. Às vezes demora. Mas há sempre um dia em que, depois de mais uma chuva, começa a brotação."

Marina Colasanti

Sobre a Autora

Sonia Salerno Forjaz, é Socióloga graduada pela FFLCH/USP e licenciada pela FE/USP. Especialista em Português, Língua e Literatura pela UMESP e em Análise do Discurso (USP). É Escritora de literatura infanto-juvenil com mais de trinta livros publicados por grandes editoras, inúmeras revistas e álbuns. É palestrante, redatora, coordenadora de publicações e sites infanto-juvenis e editora responsável pelo selo DeLeitura.

Outros Livros da Autora pela Aquariana/De Leitura:

Na rota dos sentidos
No palco da vida
Eu, cidadão do mundo
Acorda que a corda é bamba!
Tempos de viver
Se esta história fosse minha
O Rei do Vou Fazer
O Ser / O Ter

COLEÇÃO CONTOS MÁGICOS

A princesa que enganou a morte e outros contos indianos
A filha do Rei Dragão e outros contos chineses
O Falcão Brilhante e outros contos russos

COLEÇÃO LANTERNA MÁGICA

Búkolla, a vaca encantada (Reconto viking)
A magia do amor (Reconto chinês)
O anel mágico (Reconto indiano)
A princesa sapo (Reconto russo)